落花流水

山本文緒

角川文庫
18978

目次

夏の音……一九六七年　五
もう行かなくては……一九七七年　四五
濃密な夢……一九八七年　八三
落花流水……一九九七年　一二一
ムービー・ムーン……二〇〇七年　一六七
また夢をゆく……二〇一七年　二〇九
葵花向日（きかこうじつ）……二〇二七年　二四七

夏の音……………………………………………………一九六七年

マリはスポイルされた子供だ。

僕だってまだ十二歳で、大人から見れば甘ったれの子供なのかもしれないけれど、僕が七歳の時はマリほどわがままではなかったと思う。その証拠に、仕事の都合でパパの生まれ育った国である日本に来ることになって、住み慣れたロサンゼルスを離れなくちゃならなくなってもごねたりはしなかった。生まれ育った土地を離れて外国で暮らすなんて嫌だったけれど、文句を言ったところで仕方がないことぐらい分かっていた。七歳の僕は〝自分の思うように世の中は動かない〟ことを知っていた。

けれどマリは違う。世界の中心には自分がいると思い込んでいるに違いない。どうして彼女の家族がこんなにマリを甘やかすのか、僕には分からない。最初、日本の家庭というのはみんなそうなのかと思ったけれど、日本にやって来て五年たち、やはりマリの家族は少し異常なのではないかと思えて仕方ないのだ。彼らは決してマリを叱らない。欲しがる物は全て買い与えているようだし、甘いものや油っぽいものばかり、マリが食べたいと言った時に食べたいだけ与えているから、彼女はころころに太ってしまっている。

今マリは、僕の隣でスナックを頬張りながらテレビの画面に見入っている。マリと僕との間には飼い犬のジョンが寝そべっていて、彼女は時々思い出したようにスナックのかけらを犬の口に持っていったり、頭を撫でたりしている。その度にジョンの尻尾がぱたぱたと畳を叩いた。

ここのところマリは学校が終わるとまっすぐ僕の家に来て、縁側の戸が開いていれば当然のように上がり込み、僕がいようがいまいがリビングに置いてあるテレビの前に陣取るのだ。

マリは隣の家に住んでいるので、以前から時々遊びに来てはいたのだが、先月僕のママが用事でロスに帰ってから、ここぞとばかりに毎日家にやって来るのだ。ママがいなければカラーテレビが見放題、アメリカ製の珍しいスナックも食べ放題、大好きな犬にもべたべた触れるからだ。

僕のママはとても優しい。けれどマリのお母さんと違って際限なく子供を甘やかしたりはしない。以前ママが、菓子のかけらを床にこぼしても拾おうとしないマリに注意したことがあった。ママは叱ったのではなく、どうしてそういうことをするのか、WHY？　と聞いただけなのに、きっとマリは大人にちゃんと意見されたのは初めてだったのだろう。小さな目をきょとんと見開いた後、食べかけのクッキーをママに投げつけ、逃げるように帰ってしまった。

逆恨みでもしているのか、それからマリはいくら僕のママが優しく話しかけても、ぶすっとして口をきこうとしなかった。

「ジョン、コーラ飲みたい」

テレビのアニメ番組が終わったとたん、マリは僕の方を向いて言った。

「ジョン。コーラだって」

僕は犬をつついてそう言った。

「犬じゃなくてあんたのこと」

「何度も言ってるけど、僕の名前はマーティル。言ってごらん」

「マー……マ、マテル？」

「マーティル」

「言えない。ジョンでいい。ジョン、コーラちょうだい」

僕はしぶしぶ立ち上がりキッチンに向かった。僕の背より高い、その大きなアメリカ製の冷蔵庫を開けると、背中にマリの気配がした。いつもそうだ。僕に飲み物を取って来させるくせに、実はうちの冷蔵庫の中が見たくて仕方ないのだ。

「ほら」

僕は冷えたコーラの瓶を、しげしげと冷蔵庫を覗き込んでいるマリの頬に押しつけた。

「当たり前だろ。冷やしてあるんだから」

「つめたいっ」

「栓抜いて」

「自分でやれよ」

僕はテーブルの上に置いてあった大きな栓抜きをマリに渡した。彼女は唇を尖らせ、不器用な手つきでコーラの栓を抜こうとする。けれど、どこにどう力を入れていいか分からないらしく、恨めしそうに僕を見上げた。

溜め息をついて僕はそれらを彼女の手から取り上げ、音をたてて栓を抜いてやった。マリは嬉しそうにキッチンテーブルの椅子によじ登り、僕からコーラの瓶を受け取った。ミルク飲み人形のような白くてふくふくした両手で瓶を持ち、彼女はおいしそうにそれを飲んだ。

「また太るぞ」

厭味を言っても彼女は聞こえないふりをする。

「ジョンのお母さんはコーラ好き？」

「好きだよ。だからいっぱい買ってあるんだ」

「でも痩せてるね」

「野菜も沢山食べてるからだよ」

「マリ、お野菜だいっきらい。マリのお母さんはお野菜好きなの。で、コーラは嫌いなんだって。まずいから。変なの。でもお姉ちゃんは好きみたい。来る時いつも買って来てくれるもん」

「ふーん」

僕も椅子に腰を下ろし、頬杖(ほおづえ)をついてマリを眺めた。

「ジョンはコーラ好き？」

「犬は飲まないんじゃないかな」

「犬じゃなくて、あんた」

「僕は、マーティル」

マリはまた僕を無視して、瓶に半分ほど残ったコーラを一気に飲み干す。そして満足そうにげふっと息を吐くと、もう何度も来ているにもかかわらずキッチンを物珍しそうに眺めた。

彼女がうちに来る目的は、カラーテレビやコーラや犬だけじゃなくて沢山ある。並んで建つ同じように古い日本家屋なのに、マリの家の中と僕の家の中は全然違うからだ。僕の家にはママが日本に来る時持って来たアメリカ製の家具が沢山あるし、定期的にロスの家族から小物や缶詰なんかが送られてくる。

「変な物がいっぱいあるね」

楽しそうに足をぶらぶらさせてマリは言った。僕はその無邪気な様子をぼんやり眺めた。黄色いサッカー地の袖無しワンピースから出た、赤ん坊のような手足。短い首の上にはおかっぱ頭のまんまるい顔がのっている。目は細くて小さく、唇はちょこんと赤かった。真っ黒な髪も、膨らんだ頬も、素足の先の小さな爪さえもつやつやと光っている。

可愛いな、と僕は思った。マリに出会ったのは彼女が二歳の時で、僕は初めて日本人の赤ん坊を見たのだ。その時なんて可愛いんだろうと思った。それから五年、マリはわがままで図々しい子供に育った。なのに僕はあいかわらずマリを可愛いと思ってしまう。絶対そんなことを口に出しては言わないけれど。

僕がぼんやりしていると、突然マリはぴょんと椅子から飛び下りた。

「帰るの？」

「ジョン、うなぎ好きって言ってたよね」

僕の問いには答えず、マリはそう聞いてきた。

「え？　あ、うん」

「今日のご飯、うな丼だから。じゃあ、あとでね」

にっこり笑って言うと、マリは来た時投げ出したランドセルを背負い、廊下を走って縁側から外に出て行った。ランドセルに付けてある小さな鈴がちりちりと音をたてる。僕はその背中をぽかんとして見送った。

　ママがロスに帰ってしまってから、僕は毎晩夕食をマリの家で食べさせてもらっている。パパは僕が起きる前に会社に出掛け、眠った後に帰って来るような生活をしているので、ママがマリのお母さんに頼んでいったのだ。僕は子供の頃からずっと家事の手伝いをしてきたから、食事の用意だって何だって一人でできる。でも、もしそう言ったらママは困って悲しい顔をするだろう。だからママのために、夕飯だけは御馳走になると決めたのだ。

　それにマリの家に食事に行くのは憂鬱な日課ではない。何しろこのあたりには〝外人〟を見たのは生まれて初めて、というような人が多くて、ちょっと買い物に行っても敬遠されがちなのに、彼らときたらママと僕のようなブロンドで青い目の外国人にも、とても親切にしてくれるのだ。いい人達なのだと僕は素直に思う。

「今日もマリがお邪魔したみたいで、ごめんなさいね」

　僕が夕方マリの家を訪れると、彼女のお母さんがいつものように笑顔で迎えてくれた。糊のきいたブラウスとエプロン。白い髪とイタリアのおばさんみたいに太った体。マリのお母さんは僕のママに比べるとかなり歳をとっていて、アメリカのおばあちゃんと同い年ぐらいに見えた。グランマのようなマリのお母さんが僕は好きだった。マリを甘やかしたりしなければもっと好きになるのに、といつも思う。

「さあさ、入って入って。もうすぐできるから、テレビでも見ててね」

　マリのお母さんは歳はいっていても元気だった。太った体を揺すってくるくるとよく働く。自分がそうだから、マリが太っていることも気にならないのかもしれないなと何となく思った。

「こんばんは」

　そう言って僕は彼らのリビングに入って行く。低いテーブルの前にあぐらをかいて夕刊を読んでいたマリのお父さんが顔を上げる。眼鏡の奥の瞳が一瞬僕を睨みつけ、そして無言で頷いた。少し離れたところではマリのお兄さんが壁に寄り掛かり本を読んでいた。お兄さんは僕をちらりと見て小声で「こんばんは」と返事をしてくれた。マリはテレビの前で膝を抱え、夕飯前だというのにチョコレートを食べていた。何度来ても彼らは同じような反応だ。

　最初はそんな彼らの様子に、僕は歓迎されていないのだと落ち込んだりもしたけれど、だんだんそうではないのだということが分かってきた。彼らは、ただ僕を普通に扱ってくれているのだ。僕が日本語の会話ができるからなのかもしれないけれど、彼らは僕を外国人としてでなく、単に隣の家の子供として扱っている。母親が留守ならば面倒ぐらいみるのが当たり前。だから特に歓迎したり、逆に冷たくあしらったりしないで、まるで家族の一員のように彼らは僕に接した。それが分かって僕はとても気楽になった。

それに、マリが僕の家の中を見たがるのと同じように、僕は典型的な日本の家庭生活に触れることが面白くて仕方なかった。僕のパパは日本人だけれど、マリの家族に比べたら生活も考え方もやはりアメリカナイズされていると思う。

僕はマリの隣に腰を下ろして、テレビの画面を見た。僕の家のテレビより一回り小さい白黒のテレビだ。画面の中はまた漫画だった。奥の台所ではお母さんが忙しく立ち働いている。家族は誰も手伝おうとしない。何度か僕は「お手伝いします」と言ったのだけれど、やんわりと断られてしまった。台所からは醤油の香ばしい匂いが漂ってきていた。

僕は映画でも見るようにその情景を眺めた。ゆっくりと左右に首を振る扇風機と、それに結んであるリボンがひらひらと揺れている。縁側の手前にはブタの人形が置いてあり、風が来る度にそのブタから立ちのぼる煙が煽られて揺れていた。

「マリ。あのブタ何?」

僕はマリの肩をつついて小声で聞いた。初めて見たものだ。

「蚊とり豚だよ」

面倒くさそうにマリが言う。

「カとりブタ?」

「蚊取り線香だよ。見たことないか?」

そこでお父さんが口を挟んだ。無愛想なようでいて、彼はとても親切にいろんなことを教えてくれる。彼はお母さんよりもっと歳をとっているようで、杖をついてゆっくりとしか歩けない。

「蚊って分かるだろう。ぶんぶん飛んでる奴。あれを煙でやっつけるんだ」

僕が頷いた時、廊下の先で玄関の扉がカラカラと開く音がした。「お姉ちゃんだ」とマリが勢いよく立ち上がる。転がるように廊下に出て行き、無邪気な笑い声と共にお姉さんを引っ張って戻って来た。

「ただいま。お父さん」

お姉さんはまずお父さんに挨拶する。お父さんは僕にしたように無言で頷いた。

「あら、マー君も来てたのね。こんばんは」

「こんばんは」

僕は慌ててお姉さんに挨拶した。

「いい匂いね。お母さん、今日はうなぎ?」

そう言いながらお姉さんは台所に入って行く。マリはまとわりつくようにしてお姉さんの後を追った。僕は彼女のすらりとした後ろ姿を盗み見た。今日はひまわりがプリントされた夏らしいワンピースを着ている。

マリのお姉さんはとてもきれいだ。姉妹なのだから当然だけれどマリと目の感じや唇がよく似ていた。マリを痩せさせて大人にして、低い鼻をもう少し高くするときっとお姉さんになる。真っ直ぐな長い髪に白くて細い指。つややかに塗られた桃色の口紅。お姉さんからはいつも果物のようないい匂いがした。僕は彼女を見るといつもどぎまぎして視線をそらしてしまう。そのくせ、こうして後ろ姿を目で追ってしまうのだ。

お姉さんはどこか別の場所で離れて暮らしているらしい。詳しくは知らない。こうして時折この家に顔を見せる。もしかすると、結婚しているのかもしれない。マリに質問してみたことがあったけれど、マリは「知らない」と答えるだけだった。その時、マリが悲しそうな悔しそうな顔をしたので、本当にマリはお姉さんの住んでいる場所やどうして離れて暮らしているのか、その理由を知らないらしい。

「さあ、できましたよ」

お母さんの元気な声がして、僕は顔を上げた。お父さんは新聞を畳み、お兄さんは本を置いて立ち上がった。

「マー君。うなぎ好きなんだって？」

大きな盆に丼を載せて持ってきたお母さんが僕に聞いた。

「はい。この前初めて食べたんです」

「そう。外人さんは気持ち悪がるって聞いたけど、やっぱりお父さんが日本人だからかしらね。日本のものが口にあうのね」

どう返事をしたらいいか分からずにいると、お姉さんが笑顔で付け加えた。

「マリがどうしても、マー君にうなぎを食べさせるんだって言ったんだって」

お姉さんの隣に寄り添うように座ったマリが、僕を見て自慢気に鼻をならした。僕は複雑な思いで下を向く。お兄さんがテレビのスイッチを切って一瞬部屋が静かになったとたん、マリが大きな声を出した。

「あー、テレビ消しちゃいやーっ」

彼女はそう言って立ち上がり、テレビを点けに行った。食卓にアニメーションの大きな音が響きわたる。家族は全員苦い顔をしたが、誰一人マリを諌める者はいなかった。

日本は悪くない。ずっといてもいい。僕は最近そう思いはじめていた。

マリの家から帰って来て、僕はジョンのおなかを枕にして暗い縁側に寝そべっている。うな丼と野菜の煮物とデザートに出してもらったスイカでおなかがいっぱいだった。植木の向こうに少しだけ見えるマリの家を眺める。軒下には、さっきお姉さんがお土産に買って来たと言って下げたガラスの風鈴が見えていた。ちりんとかすかな音。そして虫の音。昼間はむし暑いけれど、夜にこうして廊下に寝そべっていると風が心地よかった。

日本は悪くない。五年前、この国に住まなければならないと決まった時、僕は内心途方にくれていた。敗戦国だからきっと生活も貧しいだろう。僕が生まれる前の戦争だとしても、僕は日本人にこの髪と目の色で敵意を持たれるに違いない。幼いながらも漠然とそんな不安を感じていたのだ。

けれどそれは思い違いだった。僕が思っていたよりずっとこの国は豊かで、そしてもっと発展しそうだ。食べ物だって何を食べてもおいしいし、話しかけると逃げられてしまうこともあるけれど、僕のような外国人にも人々は基本的に親切だ。

それに日本の家というのは思ったよりもいいものだ。最初はバスルームもトイレも不潔に感じたけれど慣れてみればそんなこともなく、畳の上で靴を脱いで過ごすというのも気に入った。ここはパパの生まれた家なのだそうだ。だから古くて、でもオリエンタルで美しい家具や壺なんかが残っていた。パパの両親はすごく昔に亡くなっていると聞いている。戦争じゃないよ、とパパは付け加えてくれたので僕はほっとした。

「マーティル」

いつの間にかうとうとしていたらしく、僕はその声で飛び起きた。目の前にスーッを着たパパが立っていて、僕を見下ろしていた。

「犬を家に上げるんじゃないって言っただろう」

いつものように感情のこもっていない声でパパは言った。僕は仕方なく頷いてジョンのお尻を押して庭に下ろした。

「珍しいね。こんなに早く帰って来るなんて」

もう背中を向けて廊下を歩きだしていたパパに言った。パパは振り返って僕を見た。その目がいつもの平坦な眼差しと違う気がして、僕はきょとんとする。何か悪いことを言っただろうか。

「ああ。悪いな、いつも一人にして」

しばらく黙っていたかと思うと、パパは珍しくそんなことを言った。

「別にいいよ。お風呂も用意してあるよ」

「ありがとう」

パパはそれだけ言うと、奥の部屋へと行ってしまった。きっと風呂に入ったら、すぐにパパは眠ってしまうだろう。パパは商社に勤めていて、とにかく仕事が忙しいのだ。それ以外のことを考える余裕がないのだとママが前に話していた。「日本の男の人はみんなそう」とママは言っていたけれど、僕が思うに会社に勤めている人はそうかもしれないけど、近所の商店街の八百屋や魚屋のおじさんなんかは、奥さんと一緒にのんびり楽しく働いているように見える。お父さんも会社なんかやめてそういう仕事をすればいいのに。

パパは以前ロスに仕事で滞在していたことがあって、そこでママと知り合ったそうだ。ママは日本の古い文化に興味があったし、パパもアメリカに興味があって、独学で勉強したとかで最初からちゃんと英語が話せたそうだ。僕は両方の国の言葉が話せるようにと、家の中では日本語、外に出たら英語で話すというやり方で育てられた。両親のおかげで特に苦労することなく二ヵ国語が話せるようになった。

僕はパパにもママにも感謝しているし、二人とも愛している。だから二人に仲良くしてほしいのに、パパとママはだんだんと喧嘩ばかりするようになっていった。今ママがロスに帰っているのは、親戚の一人が亡くなってその葬式に出るためだった。僕にも一緒に行こうとママは言ったけれど、僕はそれを断った。案の定ママは一ヵ月たっても帰って来ない。時々電話がかかってくるけれど、ママは僕に謝るばかりで事情を何も話してはくれない。

淋しくないと言ったら嘘になる。パパはパパなりに僕に愛情を持ってくれているのは感じるけれど、あの通り僕とコミュニケーションをしようとはしない。そして、この先もしかしたらママが日本に戻って来ることはないんじゃないかと不安に思う。けれど、実は心の奥の方で僕はほっとしているのだ。自分でも何故だかよく分からないのだけれど、この状態が続いたらいいのにと少し思っている。

日本は悪くない。今は夏休みだけれど、アメリカンスクールには友達もいる。こうして一人きりなのは確かに淋しいけれど、淋しいというのも悪くない感情なのだと僕は最近気がついたのだ。一人でいる、ということは、とても自由なことだと分かった。もしかしたら、パパとママも自由になりたいのかもしれない。

僕は庭に出て、こちらを見上げるジョンの首輪に鎖をつないだ。

「パパが会社に行ったら、また外してやるから」

そう言って僕はジョンの頭を撫でた。ジョンは日本に来てすぐに僕が道端で拾った犬だ。なんて種類の犬なのかパパに聞くと「ザッシュ」と冷たく言い放った。

僕もジョンと同じザッシュだ。だからって悪いことは何もない。僕はジョンを愛している。僕もいつか、パパやママ以外の人から愛される。僕がたとえザッシュでも。

僕は縁側のガラス戸にかすかに映った自分の姿を見つめた。ママからもらった薄い色の髪と目。パパとは明らかに違う顔の造作。

でも。

本当に僕はザッシュなのだろうか。

確かめる術はなかった。誰にもそんなことを尋ねることはできないし、尋ねたら終わりだと僕にもおぼろげながら分かっていた。

　翌日、洗濯物を干し終わり畳に寝転がって本を読んでいたら、庭先からちりちりと鈴の音が聞こえてきた。顔を上げると、マリが庭に立っていた。

「学校は？」

　まだ昼にもなっていない時間だったので、僕は聞いた。

「明日(あした)から夏休みだから、今日は早く終わったの」

　マリはいつものように靴を脱ぎ捨てて勝手に家に上がって来る。両手に持っていた緑色の瓶を足元に置き、ランドセルを肩から下ろした。

「はい」

　瓶の片方を僕に突き出す。

「何これ、ソーダ？」

「ラムネ」

「ラムネ？」

　マリは答えずそれに口をつけて飲んだ。透明な緑色で変な形にくびれた瓶。中には同じ色のビー玉が入っていた。傾けて飲んでみるとやっぱりソーダだった。ビー玉がかすかに音をたてる。面白いなと思って僕は少し笑った。

「お姉ちゃんがお小遣いくれたから、買ってきてあげたの。おいしい？」

僕が笑ったせいか、マリが勢い込んで聞いてきた。わがままで図々しい女の子だけれど、昨日のうなぎといいこのラムネといい、彼女には人を喜ばせようとする可愛いところがある。

「おいしい。ありがとう」

いつもだったらこういう時マリは自慢気な顔をするのに、今日は何も言わず下を向いた。お姉さんが帰ってしまった朝はさすがのマリもしょんぼりするのだ。

「何読んでるの？」

畳の上に置いてあった僕の本を覗き込んでマリが聞く。

「本」

「それってエーゴ？」

「そうだよ」

「全然分かんない。外人って変なの」

「アメリカに来ればお前も外人なんだぞ」

「マリは外人じゃないもん」

どう言ってもマリにはまだ分からないだろう。僕は息を吐いてランドセルに書いてある漢字を指さした。

「僕には日本語が変に見えるよ。それ漢字？　なんて書いてあるの？」

「あたしの名前。飯塚手毬」

「え？」

「マリの名前。手毬っていうの。お姉ちゃんがランドセル買った時書いてくれたんだ」

「マリって名前じゃないの？」

「ほんとは手毬っていうの。手毬って知ってる？」

調子が出てきたようでマリはふふんと鼻で笑った。

「知らない」

「これのこと」

マリはランドセルにいつも付けているキーホルダーを指した。そこには小さな鈴とピンポン玉ほどの大きさの、様々な色の糸で飾られたボールがついている。

「これが手鞠。アメリカにはないの？」

「ないと思う」

「可愛いでしょ。これもお姉ちゃんがくれたの」

「マリは本当にお姉さんが好きなんだね」

僕にも兄弟がいたらな、とふと思った。そうしたらパパとママが喧嘩した時にも一人ぼっちにならずにすむ。

ふと気がつくと、マリはラムネの瓶の中のビー玉をころころいわせて黙り込んでいた。いつもなら「マリ、お姉ちゃんが大好きなの」と大騒ぎするくせに、今日は本当に元気がないようだった。

「ねえ、ジョン」

「マーティル」

「マリね、お母さんもお父さんも好きなの」

あっそ、と僕は呟く。大好きな家族から愛されて甘やかされて、幸せいっぱいの少女が落ち込んでいる姿を見ていると、少し腹が立ってきた。これ以上何の不満があるというのだろう。

「だからちょっと困ってるんだ」

「何を?」

僕は畳に寝ころがって、本に目を落とした。マリを拒んだつもりだったが彼女にはそんなことは分からないらしく話を続けた。

「お姉ちゃんが一緒に暮らそうかって言うの」

「いいじゃない。お姉さんが好きなんだろ」

「でも、お母さんも好きなの」

「じゃあ、みんなで一緒に暮らせば?」

「それは駄目なんだって」

「どうして？」

しばらく本に目を落としたままでいても、マリから返事は返ってこなかった。傍らにいた彼女が乱暴に立ち上がる。あっと思った時にはマリの足が僕の脛を思い切り蹴った。

「いてっ」

「ラムネの瓶、三河屋さんに返して来てねっ」

そう大声を出すと、マリはランドセルを摑んでばたばたと走って行ってしまった。

「何だよ。いてえなあ」

僕も態度が悪かったかもしれないけれど、まったくマリのわがままぶりはすごい。誰が瓶なんか返しに行くか。僕はしばらくふてくされて寝転がっていたが、やがてゆっくりと体を起こした。そしてマリの言ったことを考えてみた。

お姉さんが一緒に暮らしたがっている？

それはちょっと不自然かもしれない。だってマリはまだ七歳で、ちゃんとお父さんとお母さんがいるのに。マリと一緒に暮らしたいのならばお姉さんが家に戻ってくればいい。でもそれは駄目だという。

その時だった。うちとマリの家の境にある木戸がバタンと開いて、彼女がこちらに駆けて来るのが見えた。なんだ、まだ蹴り足りないのか、と思った時、彼女の顔がおかしいことに気がついた。

「マリ？」

「ジョン、ジョン！」

突進してくるマリを僕は受け止めた。どすんと腹に響く。

「どうしたの？」

「お母さんが」

「泣いてちゃ分かんないよ。どうしたの？」

お母さんが倒れてる、とマリがしゃくりあげながら言った。僕は泣いてしがみついてくる彼女を引き離し、マリの家へと走った。


日本の葬式を僕は初めて見た。

お母さんが亡くなった次の日の夜、マリの家の玄関には大きな提灯（ちょうちん）がぶら下げられ、菊の花が沢山飾られた。庭先にはテントが張られ、その下では近所のおばさん達が黒い服に白い割烹着（かっぽうぎ）を着て料理を出していた。

次々と訪れる弔問客は、紫色のきれいな布と数珠（じゅず）を持って、順番にお母さんの柩（ひつぎ）と写真に不思議な動作で手を合わせる。夜の黒、喪服の黒、菊の黄色、灯のオレンジ。お坊さんの衣装の金糸と銀糸。僕は不謹慎だと思いながらも、その幻想的な光景にみとれてしまった。

あの日僕がマリの家に入ると、台所とリビングの境にお母さんが倒れているのを見つけた。お母さんは大きな鼾をかいていた。最初は「何だ、寝てるだけじゃないか」と思ったが、呼びかけても揺すってもお母さんは目を開けようとしなかった。考えてみればこんな所で眠っているなんておかしかった。しんと静まり返った家の中に、お母さんの鼾だけが不自然に響く。僕は急に恐怖を覚え、マリの家を飛び出し向かいの家の戸を叩いた。そのおばさんは慌てて救急車を呼び、僕に「マリちゃんを見ていてね」と念を押して救急車に乗って行った。

きっと僕もかなり動揺していたに違いない。縁側の上で犬の首にぎゅっと抱きつき動こうとしないマリに、何も言葉をかけることができなかった。マリのお兄さんが迎えに来たのは、日が傾いて空がものすごい茜色に染まった頃だった。いつもきれいだと思う夕焼けがその日はまがまがしく見えて恐かった。そしてマリにとってもその日は、今まで生きてきた中で一番長い不吉な一日だったんじゃないかと思う。

「母さんは死んだよ」

お兄さんは裏木戸を開けて僕の家にやって来ると、犬にしがみついたままのマリにそう言った。悲しみのせいなのか、もともとそういう人なのか、お兄さんの顔には表情がなかった。そこでマリは爆発したように泣きだした。

それから僕はマリの姿を見ていない。パパと僕とで通夜に行った時も、翌日僕一人で（パパは会社に行った）葬式に出た時も、僕はマリの姿を見かけなかった。マリのお父さんにもお兄さんにも、やって来たお姉さんにもとても話しかけられる雰囲気ではなかったので、僕は救急車を呼んでくれた向かいのおばさんを捕まえてマリはどうしたのかと聞いてみた。すると、奥の納戸で何も食べずにずっと泣いていて手がつけられないのだと教えてくれた。

葬式が終わり、柩がびっくりするような派手な車に載せられて家族や親戚（しんせき）達と火葬場に行ってしまうと、マリの家には食事の準備をしている近所のおばさん達だけになった。僕は忙しく立ち働く彼女達の目を盗んで、そっと奥の納戸へと続く廊下を歩いた。

静かに戸を開けると、埃（ほこり）をかぶった家具や段ボール箱が目に入った。むし暑いその部屋の隅で、マリがぬいぐるみを抱きしめうずくまっていた。彼女の傍らには、手がつけられていないおにぎりの載った皿がある。

「マリ」

僕の声に彼女は顔を上げた。無理に着せられたらしい白いブラウスと紺の吊（つ）りスカートがくしゃくしゃだった。マリの顔も涙でぐしゃぐしゃだ。

「何にも食べてないんだって？」

彼女は答えず壁の方を向く。

「ポップコーンとコーラ、持って来たよ。一緒に食べない？」

僕は埃っぽい床に座り込んでコーラの瓶を二本置き、ポップコーンの袋を開けた。先にコーラを飲んで様子を見ていると、マリがぬいぐるみを放し、警戒心の強い小動物のようにじりじりとこちらに寄って来た。

僕とマリは黙ったままコーラを飲んでポップコーンを食べた。時々彼女がひっくひっくとしゃくりあげる。何か慰めの言葉を言おうかと思ったけれど、何も思いつかなかったので僕はじっと黙っていた。

「ジョン」

するとマリがぽつんと僕を呼んだ。

「マー、ティル」

「ジョン、あたし分かんないの」

僕は頷（うなず）いた。母親の死をどう受け止めたらいいのか、七歳の女の子に分かるわけがない。僕だって今ママに突然死なれたら、どうしたらいいか分からないに違いない。

「お母さんね、お母さんじゃなかったんだって」

「え？」

「お父さんやお姉ちゃんが言うの。本当はお姉ちゃんがお母さんだったんだって」

マリが何を言っているのかよく分からず、僕は目を見張る。

「それ、どういうこと？」

「だから分かんないって言ってるじゃないっ、ジョンのバカ！」

瞼（まぶた）と頬を赤く腫（は）らしたマリが癇癪（かんしゃく）を起こして大声を出した。そしてコーラの瓶を僕に投げつけ、泣き叫びながらポップコーンやおにぎりも手当たり次第に投げてくる。その声を聞きつけ、おばさんの一人が飛んで来た。知らないおばさんは泣きわめくマリを抱き上げて僕を睨（にら）んだ。僕は黙って帰るしかなかった。

ママから電話があったのは、それから数日後だった。

パパとママが僕に聞かれないよう、会社の電話で話をしていることは薄々知っていた。手紙のやり取りもしているようだった。けれど僕はわざと知らん顔をしていた。

「残念だけど、ママとパパは離婚することになったの」

ぷつぷつと雑音が入る国際電話の回線の向こうから、ママの悲しげな声が聞こえてきた。そうだ。その台詞（せりふ）を聞きたくないために僕は知らん顔をしてきたのだ。

決心が鈍るから日本にはもう二度と行きたくないとママは言った。勝手でごめんね、ママを許してねと涙声が聞こえる。

「伯父さんが、あなたを迎えに日本に行くって言ってくれてるわ」

「僕はまだロスに帰るかどうか決めてないよ」

ママの言葉を遮るように僕は言った。太平洋を隔てた、ものすごく遠い場所でママが絶句するのが分かった。

「僕が決めたらいけないの？　ママの所に行くかパパの所に残るか、僕は決められない歳なの？」

しばらくママは黙っていた。僕は意地悪を言っている。ママを困らせている。物心ついた頃から僕は絶対ママを困らせないと決めたはずなのに。パパはママを悲しませる。だからせめて僕はママを悲しませまいと決めたのに。

「いいえ、マーティル」

力なくママは僕の名を呼んだ。

「パパもあなたを手放したくないって言ってるわ。だからあなたが決めていいのよ」

反射的に「嘘だ」と思った。けれどそれを口にしてどうなるというのだ。僕は黙って黒い受話器を置いた。

僕は縁側に立ち、植え込みの向こうのマリの家を眺めた。軒の風鈴は葬式の時に外されたのか見えなかった。僕は耳を澄ませその音を思い出す。ガラスの風鈴。そしてマリのランドセルの鈴の音。

パパはどうしてママを日本に連れて来たのだろうか。僕はパパが自分の戸籍にママを入れていないことを知っている。書類上、パパとママは結婚していないのだ。つまり僕もパパの息子ではない。

聡明で活発だったママが、日本に来てだんだんと疲れていくのを見てきた。僕はわりと平気だったけれど、ママは近所の人に外人扱いされることがつらかったようだ。それに僕には学校で友達ができたけれど、ママには結局友達ができなかった。可哀相なママ。

ただ寝に帰って来るだけのパパと顔を合わせるほんの少しの時間にも、二人は喧嘩しかしなかった。ママが淋しくてもパパは平気だった。ママがいなくてもパパは平気なのだ。泣いてばかりのママ。僕はどうしたらいいか分からなかった。

さっきは意地悪を言ってしまったけれど、本当は僕はずいぶん前から決めている。ママを見捨てたりはしないと。

犬小屋の前に鎖でつながれているジョンが僕を見上げている。その濡れた両目を見て僕は「違う」と思った。

僕がママを見捨てない、ではなくて、僕がママから見捨てられたくないのだ。僕はまだ一人になるのが恐かった。日本に残れば僕は本当に一人ぼっちになってしまうだろう。

世の中は自分の思うようには動かない。

早く大人になりたい。僕はそう思った。大人になれば、少しは自分の思うように世界を動かせるに違いない。一人ぼっちでも平気な大人になって、自由を手に入れる。そうしたら仕事に就いてお金を稼いで、好きな女の子にプロポーズすることだってできる。僕は僕の新しい家族をつくることができる。

もし僕が十二歳でなくて、もしマリが七歳でなければ、僕はマリを連れて、知っている人が誰もいない場所に自由に行けるのに。

ぼんやりと僕はそう思った。涙は出なかった。ただ自分が何もできない子供なのだと深く自覚するだけだった。

くうん、とジョンが鼻を鳴らした。

犬はロスに連れて行けるだろうか。残していってパパが可愛がってくれるとは思えない。マリが貰ってくれないだろうか。

そう思いついて、僕は脱ぎ捨ててあったスニーカーに足を入れた。

僕はジョンを連れてマリの家を訪ねた。犬を貰ってくれなんて言うのは図々しいと分かっていたけれど、僕はどうしてもジョンをマリに貰ってほしかったのだ。

玄関に出て来たのはお兄さんだった。もう見慣れた感情のない顔で彼は言った。

「手毬はもういないよ」

か。

た。お母さんが亡くなったことだし、しばらくお姉さんの所にいるということだろう

お姉さんが一緒に住みたがっていると、マリが前に言っていたことを僕は思い出し

玄関の一段高い所から、彼は僕と犬を見下ろして言った。

「いや、もうここにはいないんだ」

「出掛けてるんですか？」

「実は僕、アメリカに帰ることになりました」

一重瞼の生気のない両目に見据えられて、僕は正直言って膝が震えるほどの恐怖を覚えた。東洋人独特の目だ。パパも時々ああいう目をする。

「マリにさよならを言いたいんです。マリはいつ帰って来るんですか？」

「手毬は帰って来ないよ」

お兄さんはそこで奥歯でも痛んでいるような顔をした。彼の顔に僕は初めて感情らしきものを見た。

「君と手毬は仲がよかったもんな。僕は一緒に行けないけど、手毬が住んでる所を教えてあげる。会って来るといいよ」

彼は家の中に取って返し、メモ用紙と鉛筆を持って戻って来た。そして駅前から出ている何本かのバスのどれに乗ったらいいか、どこで降りたらいいか、バスを降りた

らどっちへ行ったらいいか詳しく紙に書いてくれた。漢字は読めないんです、と僕が言うと、全部の漢字に彼は仮名をふってくれた。その横顔を僕は窺(うかが)い見る。いつもお兄さんと呼んでいたけれど、彼は実際そんなに若くはない。不幸の後だからかもしれないけれど、彼はとても老けて見えた。メモを僕に渡すとお兄さんは「じゃあ」と背中を向けた。

「あの」

僕は無意識のうちに彼を呼び止めてしまった。

「何？」

尋ねられて僕は言葉を探す。いったい僕は何を聞く気だったんだろう。赤くなってうつむいていると、お兄さんは僕の肩に手を置いた。

「手毬のことが心配か？」

僕はぎくしゃくと頷(うなず)く。

「別に秘密じゃない。近所の人ならみんな知ってることだから教えてあげるよ。この前死んだのは僕の母親で、手毬の母親じゃない」

ぼんやりと僕はお兄さんの顔を見た。頭の奥の方でぐにゃりと何かが歪(ゆが)むような感じがした。

「手毬の母親は、僕の妹で君がお姉さんと呼んでた人だ。すごく若い時に間違って手毬を産んでしまって、僕の母親の籍に入れたんだ。この前、手毬の父親が職を見つけたから、結婚して手毬を引き取りたいと言ってきた。でも、お前のお母さんは本当はおばあちゃんで、お姉さんがお母さんだったなんて、あの歳の子に急に言って納得できるわけないよな。大人って奴は勝手なもんだ」

お兄さんはこちらをじっと覗き込んでくる。僕は何も言えずにただ犬の引き綱を握りしめていた。

「でも、仕方ないんだ。分かるだろう？」

答えを求めた質問じゃなかった。お兄さんは自分に言い聞かせるようにして言うと僕の肩から手を離し、物音ひとつしない家の中へと戻って行った。

バスに乗って切符を買った時、車掌の女の人が犬を指して「駄目よ」と言った。僕は首を傾げて日本語が分からないふりをした。すると彼女は面倒くさくなってしまったのだろう。「まあ、いいわ」と口の中で呟いて許してくれた。乗客達はどうやら犬より僕の方が珍しいらしく、露骨にじろじろ見てくる人もいる。そんなことより僕はお兄さんに聞いたことで頭の中がめちゃくちゃだった。何だか吐き気さえする。

降りるバス停がいくつめか間違えないようにして、僕は犬を連れてバスを降りた。見慣れない町が目の前に広がっている。僕の家や学校のあたりと雰囲気が違った。都電の走る大きな道を隔てた向こう側には小さな家がびっしりと建ち並び、飲食店らしい看板も沢山目につく。

　僕はお兄さんが描いてくれた地図のとおり、大通りを渡って細い路地に入った。朝顔の蔓が巻きついた葦簾や、軒先に出された沢山の鉢植え。野良猫が多い。人とすれ違う度、彼らは目を丸くして僕を振り返った。

「外人さん、どこ行きなさるね」

　駄菓子屋の前を通ると、そこのおばあさんが屈託なく話しかけてきた。

「清水荘っていうアパートを捜してるんですけど」

「あら、日本語がお上手だ」

「父親が日本人ですから」

「ほう、ハーフか。清水荘だったら一本先の路地を左だよ。どんづまったとこ」

　僕は礼を言っておばあさんの言うとおり道を曲がった。何軒も似たようなアパートが建ち並ぶ。その路地の一番奥に清水荘はあった。いつ建てられたか分からないような、ぼろぼろのアパートだった。まるでスラムだ。

　僕は足を止めた。そのアパートの錆びた鉄の階段の下で、おかっぱ頭の女の子が背中を向けてしゃがみこんでいた。手には白墨が握られ、コンクリートの地面に悪戯描きをしている。

ジョンがブロック塀の上の野良猫に気づき小さく吠えた。その声に女の子がこちらを振り返る。やはりマリだった。僕とジョンをみとめるとぱっと立ち上がった。瘦せた、と僕が思った瞬間、マリはこちらに走って来た。

ジョン、ジョンと泣きながらマリは僕にむしゃぶりつく。僕はしがみつくマリの両手をほどいて、視線の高さが同じになるようにしゃがみこんだ。

「マリ」

「ジョン、あたし帰りたい。お母さんの所に帰りたい」

「お母さんと暮らしてるんだろう？」

「お姉ちゃんはお母さんじゃない」

やはりマリには事情がのみ込めていないようだった。それとも、分かってはいても分かりたくないのかもしれない。

「僕、アメリカに帰るんだ」

マリの両手首を握って僕は言った。彼女はどろんとした目でただこちらを見ている。

「だから、ジョンを貰ってくれない？」

「マリに？」

「うん。可愛がってくれるだろ？」

マリは必死でいろんなことを考えているようだった。黒目がきょときょととせわしなく動く。

「いいよ」

そしてぽつんとマリは言った。僕は犬の引き綱を彼女の手に握らせた。

「じゃあ。さよなら」

僕は自分でもびっくりするぐらいあっさりと別れを口にすることができた。今の自分にできることはここまでなのだと分かったのだ。

「待って、ジョン」

マリは急いでそう言うと、走って行って一階の一番奥の部屋のドアを開けた。部屋の中から何か話し声が聞こえてくる。お姉さんだろうか。

犬？　犬なんか駄目よ。うちはアパートなんだから。お父さんだって駄目って言うに決まってるでしょ。

ヒステリックなそんな声に追い立てられるように、マリが外へ飛び出して来た。

「ジョン、これあげる」

駆け寄って来たマリの手には、いつもランドセルに付けてあった鈴と手鞠（てまり）のキーホルダーがあった。

「もらっていいの？」

「犬と、とっかえっこ」

僕は「ありがとう」と微笑んだ。マリも自慢気に鼻を鳴らした。

「手毬っ」

その時アパートの扉からお姉さんが顔を出してマリを呼んだ。僕は目を見張った。いつもマリの家で見るお姉さんとは感じが違っていた。変な濃い化粧に、結った髪があちこちほつれている。着ている服も寝巻みたいなだらしないものだった。

お姉さんは僕を見て、ひどく傷ついたような顔をした。

「マー君」

お姉さんは無理に作り笑いを浮かべる。

「ねえ、悪いけど、うちで犬なんか飼えないのよ」

僕はお姉さんが好きだった。マリのお母さんもお父さんもお兄さんも。そしてパパもママも近所のおばさん達も、親切にしてくれる大勢の日本の人達も。

「あんたの家は金持ちなんでしょう？　なんでわざわざ犬なんか連れて来るのよ。これ以上厄介ごとを増やさないでよ」

「あんたなんか嫌いだ」

僕の口からそんな言葉が零れた。誰に対するのか分からない、何に対するのか分からない、けれど目の前が真っ赤になるほどの怒りが自分の中から湧いてくるのを感じた。

「みんな嫌いだ。死んじまえっ」

ぽかんとお姉さんが口を開ける。マリはただ犬に抱きついているだけだった。

足元に落ちていた石を拾い、僕はアパート目掛けて投げつけた。きゃっとお姉さんが声を上げる。けれどその石は鉄の階段の手すりに当たり、鈍い音を立てて見当違いの方向へ飛んで行った。

僕は駆けだした。からみついてくる愛情という不気味な両手を振り払うために全速力で走った。マリをもう一度見たかったけれど、僕は振り返らなかった。

もう行かなくては…………………………一九七七年

ジョンの様子がおかしいことに気がついたのは、制服の衣替えの日だった。

夏あたりから食欲がないようだったが、毎年そうであるように、新学期がはじまって中間テストが近づいてくる頃には元気を取り戻すと思っていた。ところが今日学校から戻ってみると、いつもは私の足音を聞いただけで立ち上がって尻尾(しっぽ)を振るジョンが、玄関脇に置いた犬小屋の前で丸まったまま首も上げようとしなかった。

慌てて声を掛けて揺すってみると、ジョンはだるそうに目を開けた。黒い濡(ぬ)れた瞳(ひとみ)がどこか遠慮がちに私を見上げる。朝急いでいたので気がつかなかったが、昨日の晩にあげたご飯にも全然口をつけていなかった。

「まあ、歳だってことだね」

近所の動物病院の医者は簡単にそう言った。診察台の上に寝かされ、点滴を打たれているジョンの頭を私は撫(な)でてやっている。もともとおとなしい犬ではあるが、医者にあちこちいじられても少しも抵抗しようとしなかった。ただぐったりと私の腕に身を任せている。

「何歳？」

顎でジョンをさして医者が聞いてきた。路地に隠れるようにしてある古い動物病院のその獣医は、こちらの方が歳を聞きたくなるような老人だった。犬に点滴の針を刺す手が震えているのをさっき発見したが、老獣医は別段緊張しているふうでもなかった。まあ、歳だってことだね、と彼の台詞を私は胸の中で繰り返した。

「さあ。貰った犬だから」

「ずいぶん老いぼれだね。栄養も悪いようだし。十五、六歳ってとこかな」

「あと、どのくらい生きるんでしょうか」

「そんなの分からんよ。もう一年ぐらいは生きるかもしれないし、明日死ぬかもしれないし。わしだってそうなんだから」

思わず笑うと、医者も口の端を上げてにやけ笑いを浮かべた。

「あんたはいくつ？」

「十七です」

「まだまだ生きそうだな」

「それは分かりません」

「そりゃそうだ」

彼は億劫そうに机の前に腰を下ろすとカルテを書きはじめた。よれた白衣の下のねずみ色のズボンからサンダルを履いた素足が見えた。枯れた足の指と汚れた爪。見たくないものを見てしまって私は目をそらす。ジョンの顔を覗き込んで顔を手の甲でなでてやると、くうんと小さく息をもらした。

「食べないようなら、また来なさい」

点滴の管を外しながら医者は言った。そして診療費をぶっきらぼうに口にした。財布を開けて入っていた札を全部出すと、それと引き換えに小銭が手渡された。

来た時と同じように、私は制服の胸にジョンを抱きかかえて外に出た。下ろしたばかりの制服は犬の毛と土埃で白く汚れた。ジョンの体は見た目よりもずっしりと重く、私はよたよたと路地を歩いた。すれ違う人が露骨に振り向いていく。耳元にジョンの尖った鼻先があたって、驚くほど熱い息が私の耳たぶを湿らせた。

「どうだった？」

アパートに戻ると、母親が三面鏡に向かったまま私に尋ねた。

「歳だって」

質問しておいて、まるで興味のなさそうな顔で母は「ふーん」と呟く。

「三千円も取られたよ」

「あらまあ大変」

「お金ちょうだいよ」

「手毬の犬でしょ。私は知らないわよ」

この十年の間、何百回同じことを言われたか分からない。私は冷蔵庫から牛乳のパックを出した。母は敷きっぱなしの布団の上で、ネグリジェのまま鼻唄まじりに化粧をしている。

「ねえ、新しい仕事どうなの？」

「んー、まあまあね」

「続きそう？」

「そうねえ。一人うるさいババアがいるけど、その人早番だから」

「新しい男とは結婚できそうなの？」

鏡を覗き込んでちらりとも視線を外さなかった母がやっとこちらを見た。擦り切れた古い寝巻と、念入りに施された化粧がちぐはぐだった。

「下品ねえ。高校生のうちからオトコって言い草はないんじゃない？」

口では諫めながらも、母の口元はだらしなく弛んでいた。うまくいっているのだと私は思った。

「紹介して」

「駄目」

「どうしてよ」

「あんたに邪魔されちゃ、かなわないわ」

母の楽しそうな受け答えにだんだん本気で腹がたってきて、私は牛乳のパックを持ったまま玄関を開けた。力任せにドアを閉めると中から「可愛くないわね」と怒鳴る声が聞こえた。

私はドアの脇に置いてある犬小屋の前にしゃがんで、皿に牛乳を注いでやった。小屋の中で丸まっていたジョンがそれに気づいてのっそり立ち上がる。口元に持っていってやるとジョンは牛乳を飲みはじめた。点滴が効いたのか、わりと元気が出たようだ。

制服のまま、私はコンクリートの地面に座って膝を抱え、ジョンが牛乳の皿を嘗めるのをぼんやり眺めていた。栄養が悪そうだと獣医が言っていた。うちではジョンに、冷や飯に残った味噌汁をかけたものしか与えていないからだろうか。ドッグフードをあげた方がいいのは分かっていたが、それを買う金が私にはなかった。母にねだったところで、どうせまた「手毬の犬じゃない」と言われるだけだ。けれどまあ、今更栄養をつけさせても手遅れなのは明白だった。

もうすぐ死ぬのね。音をたてて牛乳を飲むジョンの桃色の舌を見ながら私は思った。ジョンが死んだらどうしよう。ここじゃ埋める場所はない。公園に埋めるのも手間がかかりすぎるし、どうせ公園なんかに穴を掘ったら誰かが文句を言うに決まってる。

焼き場で焼いてもらうしかないだろう。でも、いったいそれにはいくらかかるのだろう。保健所ならただで引き取ってくれるかもしれない。

六畳間に台所がついただけのこの小さなアパートに、母と二人で私はもう十年暮らしていた。いや、最初のうちは父親らしき男がいたのだが、いつの間にかいなくなってしまった。

私は子供の頃のことをよく覚えていない。というか、昨日のことすら私はあまりはっきりとは覚えていないのだ。

記憶喪失や何かの病気なわけではないと思う。何故なら宿題を忘れたりもしないし、勉強するのは好きで成績もいい方だ。アルバイト先では要領がいいと言われたし、過去にあったことは事実としてだいたい記憶に残っている。

たとえば、昔私には「お父さんとお母さん」がいたこと、古いけれどわりと大きな家に住んでいたこと、今一緒に住んでいる母親を昔は「お姉ちゃん」と呼んでいたこと。そして隣の家に住んでいたアメリカ人の男の子にジョンを貰ったこと。そういうふうに過去の記憶はちゃんとある。ただその思い出に厚いベールがかかっていて、頭の中におぼろ月のようにぼんやりと浮かんでいるだけなのだ。それは昔のことに限ったことではなくて、ついさっき行った動物病院でのことも覚えてはいるが、もうすでに現実感がなくなりかけていた。

牛乳を飲み終えたジョンが、私に体をすりよせてくる。髭と口元の毛についた牛乳を指でぬぐってやった。尻尾を振って鼻先を胸元につっこんできたので、両腕で抱きよせた。うっとりと閉じたジョンの目の上に私は唇をつける。ぷんと犬の匂いがした。私はジョンの前足を手にとって、汚れた肉球にも唇を押し当てた。犬の掌の感触はいつも私の胸を痛くする。だったら触らなければいいのに、どうしてだかそれに触らずにはいられないのだ。

背中でドアが開いた。私は犬を抱えたまま、ちらりとそちらを見る。築二十年以上のボロアパートに住んでいるようにはまったく見えない、美しい女が立っていた。

「汚いわね。制服毛だらけじゃない」

裾のほつれた古い寝巻から、秋らしい煉瓦色のワンピースに着替えた母が言った。

私は返事をせずに犬の背中に顔を埋めた。

「今日は泊まってくると思うから」

「いってらっしゃい」

顔を見ずにひらひら手だけ振ると、母のヒールが楽しげにコンクリートを鳴らして遠ざかっていくのが聞こえた。私はまた背中を丸めて犬の掌を頰に当ててみた。

甘くて痛い。もしかすると恋愛というのはこういう感じなのかもしれない。母はそれにとりつかれているのだ。

どこで見つけてくるのか、母は恋人と仕事をしょっちゅう替えていた。泣いては私に当たりちらし、一晩帰って来なかったと思うと、翌日にはとろけそうな顔で戻って来て私に抱きついたりする。その繰り返し。

子供みたいな女だった。犬のジョンの方がよっぽど我慢強くて大人だと、私はずっと前から思っていた。


学校での私の評価は、暗くてガリ勉で家が貧乏、という線で落ちついている。だから学校はそう居心地の悪い場所ではなかった。

貧乏というレッテルには意外にメリットがあった。何かの委員を押しつけられることもなく、ほとんどの人が入っている部活動に参加しなくても私だけは許された。何かやれと言われたら「アルバイトがあるから」と呟くと皆気まずそうに口を閉じた。教師ですらそうだった。何しろ本当はアルバイト自体が禁止なのに、あの母親とボロアパートのおかげで、私は特例で喫茶店のウェイトレスをすることを許可されているのだ。

「新島(にいじま)。新島手毬」

アルバイトを口実に掃除もサボって帰ろうとした時、担任教師が私を呼んだ。あんまり大きな声だったのでそこにいた生徒達が皆びっくりして目をぱちくりさせていた。

ちょっと来い、と言われて仕方なくついて行った先は社会科の資料室だった。話を聞く前から私は既にうんざりしていた。担任は職員室ではできない自慢話を、こうして自分のテリトリーでするのが好きだった。

「お前は耳が悪いのか?」

資料室には古い椅子が重ねていくつも積んであった。それを二脚出してきて私と担任は向かい合って座っていた。

「いいえ、別に」

「何度呼んでもなかなか返事しないだろ」

私はちょっと考えるふりをした。

「名前に慣れないんだと思います」

「変な奴だな。自分の名前だろう」

担任はまだ二十代の若い教師だ。クラスの女の子達には人気があるらしいが、私には彼のどこがいいのか全然分からなかった。ホームルームでの演説は長いし、デリカシーはないし、冗談もつまらない。

「この前のこと、お母さんに話したか?」

質問されて私は億劫だが記憶のページをめくっていった。どうでもいいことはすぐ忘れてしまうのだ。

「中間テストもお前、クラスで一番だったんだぞ」

そこまで言われて思い出した。私は高校を出たらはなから働く気でいて、二学期の頭に提出した進路調査票にもそう書いた。そうしたらこの男が、新島は成績がいいんだから奨学金の貰える大学を受けてみたらいいんじゃないかと私をわざわざここに呼び出して言ったのだ。

「話してません」

「どうしてだ？　やっぱり言いづらいのか」

「違います」

「先生から話してやろうか」

「結構です」

担任は私との一問一答に溜め息をついてみせた。廊下を行き来する生徒達の楽しげな足音とお喋りが響く。

「なあ、新島。お前がお母さんに女手一つで育てられて、早く働いて恩を返したい気持ちも分かるけどな。親の犠牲になって進学を諦めるなよ。女は大学行かなくていいなんて時代じゃもうないぞ」

あまりにも見当違いな話で、しかも余計なお世話だった。

「勉強は好きだって言ってたろ。大学行きたくないのか？」

「行きたいです」

「だったらお母さんにちゃんと話してこい」

私はうつむいて少し笑った。

「先生」

「なんだ？」

担任は身を乗り出してくる。自慢気に輝くその両目をつぶしてやりたいと私は思った。

「お金、貸してもらえませんか」

みるみるうちに彼の顔が強張(こわば)るのが可笑(おか)しかった。もう私はこの男にずいぶん金を借りている。参考書代やら何やら、そういえば一学期にあった修学旅行の代金も立て替えてもらって返していなかった。

「飼ってる犬の具合が悪いんです。動物病院って保険がきかないから高くって」

私はにやにやしながらそう言った。担任はもう「お母さんに出してもらえないのか」とは質問してこなかった。つい今までの熱血ぶりが嘘のように仏頂面になって、担任はズボンの後ろポケットから財布を取り出した。

もちろん返す気なんかなかった。

担任につかまっていたせいで時間がなくなり、私は急いでアパートに帰り、その辺に母が脱ぎ捨てていった服を着てアルバイト先に向かった。

私が働いているのは電車で二駅先の街だ。私以外のバイトの女の子は時給四百円をもらっているらしいが、私は高校生なので三百五十円だ。けれど高校生を雇ってくれる所はあまりないので、それだけでも幸運だった。私はそこで週に四日、夕方の五時から閉店の九時まで働いているのだが、三十分前に入ると賄いを作ってもらえるので、私は何としてでも四時半に店に入るようにしていた。一食あるかないかは大違いだった。

「手毬ちゃん、今日の恰好(かっこう)すてきね」

ぎりぎり四時半に間に合って、店の一番奥まった席でマスターが作ってくれたナポリタンを食べていると、もう一人のバイトの子がそう言った。母がよく着ている、すとんとしたニットのワンピースだ。

中学の終わりぐらいからじりじりと背が伸びて、私は母と身長が同じぐらいになった。母の服は派手で変なデザインのものが多かったが、その中でも比較的マシなものを最近勝手に着ているのだ。ほとんど私に服を買い与えてこなかった母親は、さすがにそれを自覚してかあまり文句を言わなかった。

「高校生には見えないよ」

「そうですか」

「うん。手毬ちゃんって大人っぽい」

そんなことを言われたのは初めてだったが、いいことを聞いた、と私は思った。歳をごまかしてもう少し時給のいい所でバイトしようか。

「ねえ、バイト終わったら飲みに行かない？　大学の友達とコンパがあるの」

その子は無邪気に言った。ふっくらした顔によく似合うパステルカラーのブラウスを着ている。人懐っこい子だという印象は持っていたけれど、名前が思い出せなかった。

「お金ないから」

「高校生から取らないわよ。男の子も何人か来るし。手毬ちゃんなら大人っぽいからもてると思うな」

その子のケチャップ色に染まった唇が動くのを、私は不思議な気持ちで眺めていた。どういう意図で誘われているのかよく分からなかった。

「ちょっと飼い犬の具合が悪くて」

「あ、そうなんだ」

表情を曇らせてその子が私を見る。素直な同情の色があった。

「実はね、うちの犬、去年死んだんだ。十五年も生きたからすごく悲しかった。お父さんまで泣いちゃったんだよ」

「死んだ後、どうしました？　どこかに埋めました？」

「ううん。焼き場で焼いてもらった。一匹だけで焼くのと、五、六匹まとめて焼くのとじゃ全然値段が違ったんだけど、お母さんがお骨にしてしばらく手元に置きたいって言って、一匹だけで焼いたの」

「いくらぐらいかかるんですか？」

万単位の金額を聞かされ、私は眉間を指で揉んだ。

「じゃあワンちゃんの具合がよくなったら、また誘うね」

小首を傾げてその子は笑った。社交辞令も育ちのいい子が言うと厭味に聞こえないものなんだなと、改めて感心した。

スパゲティーを食べ終え、私は店のエプロンを掛けて自分の使った皿を洗い場で洗った。カランとカウベルの音がして、店の扉が開き客が入ってくる。いらっしゃいませと私は声を出す。自動的に体が動いて、銀色のお盆の上に水とおしぼりを載せて客の所に持って行く。

今頃母親も似たようなことをして働いているのだろう。仕事と恋人をしょっちゅう替えているわりには、そのどれもがよく似ていた。仕事は飲食関係の客商売、男はその店の客で水っぽい優男。母の話だと今は割烹のようなところでお運びさんをしていて、今まで勤めた店の中で一番客が上品だと言っていた。だったら今の男は、これまでの中で一番上品ということだろうか。

母の収入を私は知らない。もっと子供だった頃は住んでいるアパートがあまりにもボロだし、私も必要最小限の物しか買ってもらえなかったので、うちはすごく貧乏なのだと思っていた。けれど、母は自分の身につけるものは結構いいものを持っている。季節毎に服は新調するし、化粧品の類も多い。ある日唐突にそのことに気がついて母の財布をこっそり開けてみたら、びっくりするほど沢山の札が入っていた。思わず抜き取ったら、後でものすごく叩かれた。けれど、叩かれても叩かれても、私は何度も母の財布から金を抜き取ったので、とうとう母は財布に小銭しか入れなくなった。部屋の中を隅々まで捜しても、現金や貯金通帳は見つからなかった。私が知恵をつけたことに気がついて、勤め先かどこかに置くことにしたのだろう。

担任からまきあげた一万円札と私の少ないアルバイト代で、いつまでジョンを医者に連れて行くことができるだろうか。

そんなことを考えながら客にコーヒーを出していると、後ろのテーブルでスポーツ新聞を広げていた中年の男が、さりげなく私の尻に触った。私はびっくりして振り向く。

「悪い悪い。いいケツしてたから、ついね」

悪びれる様子もなく、赤ら顔の男は笑った。連れの男も「勘弁な」と笑っている。

私は怒るのも忘れて思わず聞いた。

「私っていくつに見えますか？」


そうか、もう二十歳に見えるのか。アパートの台所の床に座って私はぼんやり考えていた。

投げ出したジーンズの両脚の間にはジョンが横たわって、私のももに顎（あご）を載せて目をつむっている。私の左手はジョンの背中に、右手には英語の参考書があった。

二十歳に見えると知らない親父に言われてから一週間、頭からそのことが離れなかった。どうでもいいことはすぐ忘れてしまう私なので、そんなことは珍しかった。

ジョンの具合は芳しくなかった。牛乳ぐらいは飲むが、いつもペロリと平らげていたご飯を全然口にしなくなった。思い切ってドッグフードを買って与えてみたが、それも匂いを嗅（か）いだだけで食べようとはしなかった。

あれからまた二度ほど獣医の所へ行った。点滴だけでどのくらい生きるんでしょうかと聞くと、老獣医はこの前と同じ答えを口にした。そんなの分からんと。

担任から取った一万円札はもう使ってしまった。アルバイト代が出るまでに、まだ二週間以上ある。母が酔っぱらって帰って来て、寝入った隙に財布を探るぐらいしか、金策が思いつかなかった。何とか母の新しい恋人と連絡が取れないだろうかと考えた。駄目だ。だいたい母は勤め先の電話番号すら私に教えてはくれないのだ。

もう一度担任から借りようか。やはり大学に行きたいと相談を持ちかければ、あの男はまたお節介を焼いてくれるに違いない。

大学、と私は思った。行ったら何かいいことがあるだろうか。

バイト先の育ちのよさそうな可愛い女の子のことを思った。彼女のことが私は嫌いではなかった。同じ親切でも担任のものとは全然違う。

私は横になったジョンの腹が規則正しく上下に動くのを眺めてから、参考書を読みはじめた。学校の図書室で小説なんかを借りて読んだこともあったが、こういう本の方が面白かった。恋だの愛だの言われても私にはピンとこない。

確かに私は勉強が嫌いではない。けれど好きなのかどうかはよく分からない。ただ英単語や歴史の年号を覚えることに集中すると、母親のことや、日々の瑣末なことを一時的にだが忘れることができた。

奨学金をもらって大学に通うことができるという担任の話を、私は頭から考えようとしていなかった。私は高校を卒業したらこの部屋を出る気でいた。前から決めていたことだ。大人になって自分で働けるようになったらここを出ようと。

いつもなら母親が帰って来るまで時間を忘れて没頭できる勉強も、今日は全然はかどらず私は息を吐いた。本を床に置いて、凝った首をゆっくり回す。十年暮らした狭い部屋をぼんやり眺めた。

敷きっぱなしの二組の煎餅布団や押入れから溢れかえる母の衣装。どのくらい掃除をしていないか分からない薄汚れたカーテンと埃の積もった蛍光灯。ねとつく台所の床に置かれた小さなテーブルの上で私は食事と勉強をする。

ここを出て行くのが、私と母の共通の夢だ。母は結婚することによって、私は大人になることによって。だから二人とも、捨てていくつもりのこの部屋に愛情なんか、かけらもなかった。

いつ自分が大人になるのかが子供の頃は分からなかったが、中学三年の時、あの母親が「高校ぐらいは出ておかないと」と言ったのを聞いて、高校を卒業したら大人になるのだと見当をつけていた。けれど、見知らぬ他人に「大人に見える」と言われた瞬間、もう私は大人になったのだと自覚した。

だが私にはまだジョンを連れて家出をして、どこかで暮らしていく力はなかった。生きていくには住む部屋と仕事が必要だった。

学校では、そういう生きる術をひとつも教えてもらえなかった。私が学んだものは、皆母との闘いからだった。強く主張しなければ何も買ってもらえなかった。おなかが空いたと泣き叫ばなければ、母は私が空腹であることにすら気がつかなかった。

私が通った公立の小学校には、私のような片親で家庭に問題がある（と教師は言った）子がクラスに二、三人いた。けれどその子達は大抵中学に上がると、髪を染めて制服の丈を伸ばし不良になった。そういう子達に誘われたこともあったが、彼らといると結局いろいろ金がかかるばかりで、ちっとも有益なことはなかった。しかしよく考えてみると、暴走族に入ったりシンナーを吸ったりして補導されていた子達の方が、今ではちゃんと職を得て自活し、どうかすると結婚して赤ん坊までつくっているのだ。だったら私も不良になった方がよかったのだろうかとさえ思う。

どうして私は不良にならなかったんだろう。自分のことなのに分からなくて不思議だった。

そこでジョンがふいにむせはじめた。

「ジョン？」

何かを吐き出そうとするようにジョンが激しく咳き込んでいる。よだれが私の膝を濡らした。呼びかけてもこちらを見ようともせず、狂ったように頭を上下に振っていた。苦しそうで、でもどうしようもなくて、私はただ背中を撫で、名前を呼び続けることしかできなかった。

母の新しい男は、今までで一番まともそうな男だった。

降りたことのない国鉄の駅で降り、母に連れられるまま巨大なホテルに入った。最上階のレストランでその男は待っていた。

洋風のレストランには、前にも母の恋人に会わされた時に入ったことはあったが、これほどきらびやかで豪華な店は初めてだった。履かされた母の靴が少し大きいのと、絨毯（じゅうたん）がやわらかすぎるのとで足元がふらついた。

見たこともないようなきれいな食事の向こうで、上等そうなスーツにネクタイの中年男が微笑んでこちらを見ている。明らかに今までの男達とは違った。母の今までの恋人は、父親だった男も含めて皆笑う時に片方だけ口の端を上げた。だから私は大人の男というのは全員そうやって笑うものなのかと思っていた。

「手毬ちゃんのお母さんと結婚していいだろうか」

彼は食事をしながら学校のことやアルバイトのことなど、当たり障りのないことを質問してきた。私がいつもの一問一答で適当に答えていたら、その男がいきなりそんなことを言いだした。

左手でフォークを持つとうまく力が入らないなんて考えて上の空だった私は、思わずそれを取り落とした。料理のソースが跳ねて、母のお古のワンピースにシミをつくる。思わず横を向くと、母がくねくねして笑っていた。

「どうだろう、考えてみてくれないか？」

私は驚いて返事ができなかった。今まで母親に恋人を紹介されても、結婚まで話が進んでいた男はいなかった。それもこんなまともそうな男と。

正面に座った男は眼鏡の奥の瞳を柔らかく細め、口の両端を上げて微笑んでいた。髪の生え際には少し白髪が混ざり、上着の下の体はお世辞にも痩せてはいなかった。合った視線を外そうとしない。今までの母の男達も、教師も、アルバイト先のマスターも、私が知っている男は皆じっと見つめると、必ず向こうが先に視線をそらした。根負けして私の方が先に視線を外し、あいまいに首を傾げてうつむいた。白い制服のウェイターが、床に落としてしまったフォークの替わりを持ってやって来た。

「無愛想な子で、本当にすみません」

一オクターブ高い母の声。どこか勝ち誇ったような響きがあった。

「大学に行かせてくれるなら」

自分で言っておいて驚いた。私ではない誰かが乗り移って勝手に言ったような気がした。でもそれは、当たり前だけれど自分の口だった。

「もちろんだよ。手毬ちゃんは学年でいつも五番以内に入ってるんだってね。お母さんから聞いてるよ」

温和な笑みのまま男は言った。私は頬の内側を噛んだ。混乱しているのを知られたくなくて、もう彼を見ないようにして食事をした。

分からなかった。私達親子を家族にして、彼に何の得があるというのだろう。どうして私を大学に行かせるなんて言うのだろう。損得以外のことで、何を根拠に他人を信用していいのか私はまったく知らなかった。

「いきなり大学に行かせろっていうのは図々しかったんじゃない?」

その人は帰りがけにタクシーのチケットをくれて、私達はホテルの前から車に乗ってアパートに帰って来た。少し酔った様子で母は玄関の鍵をあけ、ヒールを脱ぎ捨ててそう言った。

「あの人、何してる人なの?」

電気の紐をひっぱる母に私は聞いた。ちかちかと蛍光灯が瞬き、暗闇からいつもの魔窟のような部屋が現れた。

「さあ、証券関係だって言ってたけど」

「怪しいよ、あいつ」

スーツを脱ぐ手を止めて母は振り向く。

「何よ、また邪魔する気?」

「邪魔なんかしたことないよ」

「してきたじゃない」

母は脱いだ上着を畳に叩きつけて、大きな声を出した。

「結婚できそうになると、あんたが無邪気なふりして割り込んできて、本当のお父さんは行方不明なのって嘘泣きして」

「本当のこと言って逃げるような男なら、どのみち駄目じゃん」

言ったとたんに私は頰をはられた。母の両目が真っ赤になっている。

「あんた何が楽しくて人の邪魔ばっかりするの？　父親のことなんかろくに覚えてないんでしょう？　もうこんな生活いやなのよ。今度こそちゃんとした人つかまえたのよ。あんたもこれでもうお金の心配しないで済むのよ」

その通りだった。なのに何故私はこんなにもやもやしているのだろう。

「子供の頃、あんた可愛い子だったのに。なんでそんな子になっちゃったのよ」

母はそう言って泣き崩れた。けれど母の癇癪はいつものことで私は呆れて横を向いた。

これほど学習しない人も珍しいんじゃないかと思う。母から恋人を紹介されると、私はいつもこっそり男に連絡を取って、このアパートに呼び出した。どの男もあまりのボロさと部屋の汚さに絶句した。そして私が「お父さんは蒸発しちゃったの」と暗い顔で言えば、慌てていくらか小遣いを握らせて帰って行った。そして、男の前ではいい服を着て見栄を張り、子供の父親とは離婚したと嘘をついてきた母はふられることになる。もう何度も同じことがあった。今度だってきっと同じだ。

母はひとしきり声を上げて泣くと、上着を着なおしバッグを摑んで立ち上がった。「飲んでくる」と言い捨てて部屋を出て行く。音をたてて玄関の戸が閉められるのを見て、私はほっと息を吐いた。このまま一晩当てつけのように泣かれたらかなわない。

そうだ、ジョンはどうしただろう、と思って私はサンダルを引っかけて外に出た。玄関脇の薄暗い蛍光灯の下、犬小屋の中で横たわったジョンは顔を上げようとしなかった。尿の臭いがつんとした。

ひやりと全身に予感が走った。私は震える手を恐る恐るのばす。

ジョンは目を開いたままだった。前足を手にとる。肉球がまだ少し温かかった。

犬小屋を作ったのは父親だった。

母が犬なんか捨ててこいとヒステリックに怒鳴るのを、宥めていたのは父だった。痩せていて、ぼそぼそと話す人だった。子供心に「大人じゃないみたいだ」と感じたのを思い出した。可哀相じゃないか、犬ぐらい飼ったっていいじゃないか、俺が犬小屋を作ってやるからな、と私の頭に手を置いて笑っていた。そして本当にどこかからかベニヤ板を持って来て、あっという間に犬小屋を作ってくれた。

私は夜明けを待つ間、一睡もせず昔の記憶を辿っていた。忘れていたことが不思議なぐらい次々と思い出された。

母はいつも父を責めていた。あなたには一家を養う責任があるのだからしっかり働いてくれなくては困ると。父がどういう仕事をしていたのかは知らない。けれどそれがうまくいっていないことは何となく分かった。

父が一緒に暮らしていたのは、もしかしたら一年もなかったのかもしれない。ある夜父は帰って来なかった。それからずっと帰って来ていない。母は最初そのうち帰って来るんじゃないと気楽に言っていたが、何日かすると警察に届けを出しに行った。借金取りみたいな人が来て、ドアを蹴っていったこともあった。

そういえば母はいつも結婚結婚と言っていたが、籍はどうなっているのだろうと私は思った。新島というのはたぶん父親だった男の名字だ。母はホテルで会ったあの男と結婚する気でいるようだが、ちゃんと離婚しているとは思えない。

薄いカーテンの向こうがかすかに明るくなってくると、私は我慢しきれず立ち上がった。

行かなくては、と思った。でもどこへ？

いつもの癖で制服に着替え、学校へ行く気はなかったが一応学生鞄も持って部屋を出た。二度と戻らないつもりだったが、持って行きたいものは何ひとつなかった。

犬小屋の前に屈んで、もう一度ジョンの体に触れてみる。かちんかちんに固まって冷たくなっていた。もうジョンはジョンでない。ただの物になってしまった。

もうここに留まる必要はなかった。私一人ならどこへでも行ける。

私はこの日を待っていた。ジョンがいなくなれば、自由にどこへでも行けると思っていた。けれども喜びはなかった。行きたい場所はどこにもなかった。

ジョンは目を開けたままだったので、つむらせてやろうと瞼に触れたが、固くなっていて駄目だった。歯の間から色をなくした舌がだらんと垂れていた。干からびた肉球に触れてみる。

突然胸に何かがずしんとぶつかったような気がして、私は慌ててジョンから手を離す。私は自分が泣いていることに気がついた。悲しかった。ジョンは私の恋人だった。どこへも行けなくていいから、ジョンに生きていてほしかった。

どこか他人事だったように思えた現実が、突然リアルに輪郭を持ちはじめたのを私は感じた。頭の中のベールが剝がされ、何もかもがはっきりしてきた。裸のまま、いきなり魔窟から晴天の野原に放り出されたようだった。まっすぐに射してくる日差しが痛かった。見たくないのに見なければならなかった。

行く所がないのなら昔の家に行ってみよう、と私は思った。今なら思い出せそうだった。そんなに遠くではない。上野に出て茶色の電車に乗る。川のそばの町だった。大きな貯水池があった。

私は明け方の道を駅へと向かって歩きだした。

昔住んでいた駅まで行くのは簡単だった。路線図を見て駅名を口に出して唱えているうちに、明らかに慣れ親しんだ覚えがある駅名があったからだ。

ラッシュ前のまだ空いている電車の中で、私は子供の頃のことを思い出していた。

そうだ、私には〝本当のお父さん〟がいた。保健体育の教科書で習った精子と卵子の持ち主が本当の両親ならば、その人は〝本当のお父さん〟ではない。そうだ、思い出した。お父さんお母さん、と私が呼んでいた人達はおじいちゃんとおばあちゃんだった。

おばあちゃんが死んでしまったのは覚えている。でもおじいちゃんはどうしただろう。まだ生きているかもしれない。どうして私はそれを思い出さなかったのだろう。

そういえば私には兄がいたような気がする。

その駅を降りてからは、少し苦労した。駅前商店街には最近できたばかりらしいハンバーガー屋やスーパーマーケットがあって、確かあったと記憶している名画座も銭湯もなかった。

けれどかすかな記憶を頼りに住宅地の中を歩きまわると、見覚えのある古い店がいくつかあった。剣道の道具を売っている店、小さな地蔵、焼き鳥屋。そうして思い出のパン屑を拾うようにして私は歩いた。

　そのうち私は住宅地の案内板を見つけた。薄い鉄板でできたその地図は錆びがひどくて、ところどころ見えなかったが、三河屋のそばに飯塚という家があるのを見つけた。そうだ、昔私は飯塚手毬という名前だった。

すぐそばだった。会社へ向かうサラリーマン達と逆方向に私は歩いた。三河屋があった。そうだ、ここでよくラムネを買った。けれど、地図が指し示す私の家だった場所には、クリーム色の壁の大きな団地が建っていた。私はもう一度地図を確かめに行き、そして戻った。やはりそこには団地がそびえ立っていた。

道がそこで突然終わって、私は断崖に立っているように感じた。引き返す気はない。だったら崖から飛び降りよう。そう思った瞬間、ずっと噛みしめていた奥歯から力が抜けた。

　死んでしまうという選択肢があったことに私は初めて気がついた。ジョンはもういない。何のために生きてきたか何のために耐えてきたかやっと分かった。もう苦しむ理由はなかった。行きたい場所も望みもなかった。

　私は吸い寄せられるように、その団地の階段を上がった。誰ともすれ違わず、屋上の扉を開けることができた。鉄の重い扉を押し開いた向こうには、朝の抜けるような青空とそれを遮る金網のフェンスがあった。

物干し用の竿の下をくぐり、私はフェンスに近づいた。喫茶店のテレビで見た、高島平の自殺者のニュースを思い出す。金網に手をかけて見上げると、それは私の身長の倍以上はありそうだった。

鞄を置いて、私は金網に額をこすりつけた。苦しかった。今までにも、いくらでもつらいことはあったけれど、こんなふうに動けなくなったのは初めてだった。

子供の頃は可愛かったのに、という母の泣き叫ぶ声が頭の中に響き渡る。そういうあの人も、私が子供の頃は優しかった。私があの人を「お姉ちゃん」と呼んでいた頃は、花のようにふんわり笑う優しい女の人だった。お母さんと呼んでいた人が死んで、お姉ちゃんがお母さんになって、何もかもが変わってしまった。優しかったお姉ちゃんはもうどこにもいなかった。うちに帰りたいと泣くと、私はあの人に泣き止むまで叩かれた。

そうだ、忘れていたのは記憶ではなく、感情の方だったのだと私は気づいた。

大好きなお姉ちゃんが豹変した恐怖も、一人きりにされた夜の淋しさも、毎日のように起こる理不尽さに対する怒りも、ストレートに受け入れたら自分が壊れてしまうと感じて、蓋をして過ごしてきた。その蓋はジョンだった。ジョンの掌の柔らかさを感じる時だけ私は癒されていた。

母は今の私の歳に結婚せずに私を産んだという。とても育てられなかったので、祖父と祖母の戸籍に入れたと聞いたけれど、それならどうしてそのままにしておいてくれなかったのだろう。騙(だま)すなら一生騙し続けてほしかった。

「あなた、大丈夫？」

いきなり声を掛けられて、私は野良猫のように体を硬くした。振り向いた先には、洗濯物の籠(かご)を持った女の人が訝(いぶか)しげにこちらを見ていた。

「団地の子じゃないわね。どうかした？」

「……いえ」

私は下を向いて涙を拭(ぬぐ)う。どうしたらいいか分からなかった。

「気分が悪いなら、うちで休んでいく？」

思わず顔を上げると、化粧気のないトレーナー姿のその人は心配そうに私を覗(のぞ)き込んでいた。バイト先の女子大生とオーバーラップする。当たり前のように、そういうことを口にできる人がこの世にはいるのだなと思った。

「すみません。大丈夫です」

無理に私は笑顔を作った。この場を切り抜けるにはそうするしかなかった。

「お母さんか友達と喧嘩(けんか)でもした？」

私が笑ったのでその人は安心したのか、足元に置いた籠から洗濯物を出して干しながら私に尋ねた。

「いえ……昔ここに知り合いが住んでて、通りかかったら懐かしくて」

子供ものの小さなジーンズを竿にかけて、その人は振り返った。

「あら、そうなの。何号室？」

「団地が建つ前です。飯塚っていうんですけど、その家の人がどうしたか知らないですよね？」

「そうねえ。私もまだ越してきて三年ぐらいだから。去年自治会の役員やったけど、団地に飯塚って名前の人はいなかったわねえ」

どこへ行こう。幸せそうなおばさんの話を聞きながら私は頭の隅で考えていた。いくらなんでも今ここで金網をよじ登って飛び降りるわけにはいかない。

「そういえば、半年ぐらい前かしら。やっぱりこの辺に昔住んでたって男の子が来たのよ。金髪の外人さんだったからびっくりしちゃった。あなた、その子のこと知ってる？」

ジョンだ。

階段へと向かっていた足を私は止めた。それはジョンだ。思い出した。

母の恋人がこっそりくれた名刺を見て私は電話をした。大代表と書かれた番号から、名前だけですぐにその人に電話が回された。

彼はあまり驚いてもいない声で、待ち合わせの場所を告げた。何度も「分かるかい？」と私に尋ねた。そしてオフィス街にある明るいティールームに、その人は昨日と同じ笑顔で現れた。

「昨日の服より制服の方が似合うね」

私の前に腰を下ろすと、注文をする前に彼は微笑んで言った。

「あれは母のだから」

「知ってたよ」

大きな一枚ガラスの張られた店には、午後の日差しが差し込んでいた。制服の上着についたジョンの毛が余計に目立った。

「じゃあ、母が結婚してることも？」

「知ってるよ」

私はジュースのストローが入っていた袋を膝の上で小さく折り畳む。そうか、知っているのか。

「お母さんは君に何も話してないようだから教えてあげるよ。ちょっと酷な話かもしれないけど、君にも知る権利がある」

そこで彼にコーヒーが届いた。彼はウェイトレスに「ありがとう」と言った。アルバイト先で私は客にそんなことを言われたことはなかった。

「君のお父さんはもう亡くなっている」

「……どっちのお父さん？」

「両方だ」

畳んだストローの袋を私は指で弾いた。この男は全部知っているのだと確信した。

「おじいさんの方はもう八年も前に亡くなっている。行方不明の方のお父さんは、先月死亡届を出した」

「死んだの？」

「それは分からない。家出して七年以上連絡がなかったら、失踪宣告というのを受けられるんだ。お母さんは知らなかったみたいだから私が教えてあげた」

私は男の顔を見た。穏やかそうな瞳の中に、ちゃんと抜け目ない光があった。

「私達のこと、調べたんですね？」

「申し訳ない。でも結婚するからには、事情を知りたかったんだ」

探偵とかそういうものを使ったのだろうと私は思った。きっと本当に母と結婚をしようとしているのだ。

「私では君のお父さんにはなれないかい？」

私は膝の上で両手を握りしめた。この人はまだ生きているかもしれない私の父親を殺した男だ。

「どうしてなんですか？」

　分からない。彼のメリットが私には分からなかった。

「あんな女とどうして結婚したいんですか？　そんなことして何の得になるんですか？」

　きょとんと目を見開いた後、彼は苦く笑った。

「手毬ちゃんのお母さんが、私は好きなんだよ」

「だからどうして？」

「それは私にも分からない。可哀相だったからかもしれない。ただの同情かもしれないね」

　自嘲気味に彼は言った。そして残ったコーヒーを飲み干すと、膝の前で手を組んで質問を返してきた。

「じゃあ手毬ちゃんは？　どうしてお母さんと一緒に暮らしているんだい？」

　タクシーの中で私はずっと質問の答えを考えていた。それはジョンがいたからだ。けれどジョンは死んでしまった。もう私はどこへでも一人で行けるようになった。なのに私はどこへも行けなかった。

　アパートの前の路地まで車は入れないので、大通りで私とその人は車を降りた。並んで歩いていると、彼はこっそりアパートを見にきたことがあると言った。ボロで驚いたでしょと聞くと、彼は「ショックだったよ」と笑った。

がらくたとゴミで溢(あふ)れかえる狭い路地を通って私達はアパートに向かった。

ジョン、と私は胸の内で名前を呼んだ。犬のジョンと金髪の男の子のジョン。彼は犬を連れてここまで来たことがある。では半年前、古い家を訪ねて来た時、ここへもやって来たのだろうか。私に会いに来てはくれなかったのだろうか。

あちこち壁が剝(は)がれ、廃屋のようなアパートの通路の奥に犬小屋が見えた。その前で誰かがうずくまっていた。

母だった。よく見ると膝の上に犬の死体を抱え、背中を震わせていた。

律子(りつこ)、とその人が母の名前を呼んだ。私は階段の下に立って、彼が母の肩に手をかけるのをただ見ていた。

また名字が変わる、と私は思った。

濃密な夢……………………………………一九八七年

娘が結婚するという。

本人の口からそれを聞いた時、驚くと同時に裏切られたような妙な気持ちになった。

「明日、彼が挨拶に来るからちゃんと家にいてね」

彼、という単語が娘の口から出たことも驚きだった。出掛けようとしてパンプスに足を入れたところだった私は、体をひねって娘の手毬の顔を見上げた。いつもの仏頂面がこちらを見下ろしている。

「結婚する？」

「うん」

「あんた、付き合ってる人いたの？」

娘は顔をしかめ、答える代わりにこう言った。

「何もしなくていいから、ちゃんとした恰好して、おとなしくしててね」

いつからだろう、娘はちゃんとちゃんととよく口にするようになった。そういえば死んだ母親の口癖もそうだったなと、見当違いなことを思い出す。

「お父さんには言ったの？」

「うん」

玄関の上がり框(がまち)に腰掛けたまま、私はしばし考えた。

「出掛けてた方がいいならそうするけど?」

「今、家にいてねって言ったとこでしょう。人の話をちゃんと聞いてなさいよ。今日はどこ行くの?」

「えっと、友達とお茶を」

「お父さんより早く帰って来てね」

そう言い捨てると、娘は玄関脇の階段を音を立てて上がって行った。色気のないジーンズのお尻(しり)を見送ってから私は玄関を出た。

駅までの道を歩きながら、娘の結婚相手がどんな男であるかを想像しようとしたがまったく思い浮かばなかった。何しろまだ処女ではないかと疑っていたぐらいなので、いきなり結婚すると言われてもどうも腑(ふ)に落ちない。無愛想で口うるさくて変に潔癖なあの子が、男と食事をしたり手をつないだりキスをしたりするなんてうまく想像できなかった。だが考えてみれば娘はもう二十七歳だ。親の知らないところでそういうことをしていても不思議ではない。

ゴールデンウィークの翌週の土曜日はからりと晴れ上がり、どこの家でも洗濯物や布団を日に当てていた。あちこちの庭先で男達が車を洗い、干された白いシーツや青いホースから放たれた水しぶきが眩しくて私は目を細めた。

結婚するのか、と私は胸のうちで呟いた。実の娘の結婚が全然嬉しくなくて、変な気持ちになった。淋しいわけではない。これでやっと離れて暮らせるのかと思うと正直言ってほっとする。明日の日曜日、どこの誰だか知らない男が家に現れて「お嬢さんを下さい」とか言って頭を下げるのだろうか。ちょっと考えただけでも、ものすごく煩わしくてうんざりした。この子はうちで重宝しているのだから持っていかれては困るとでも言ってやろうか。

それにしても奇特な男がいたものだと考えながら、私は住宅地の真ん中の坂道をぶらぶらと下りて行った。


「娘さんが結婚？　え？　そんなに大きかったの？」

おめでとうより先に、彼はベッドから跳ね起きて言った。

「律子さんって本当はいくつなの？」

「十七の時に産んだ娘が今二十七」

「うひゃあ。三十五、六かと思ってたよ」

「ばばあでびっくりした？　別れる？」

「いや、俺の叔母さんと同い年だ。そうは見えないよ。かっこいい」

くんくんと匂いを嗅(か)ぐように、彼は私の首筋に鼻を押しつけてくる。くすぐったくて私は笑った。半分はお世辞だと分かっていても褒められれば嬉しかった。

高速のインターを下りた所にあるラブホテルに、この男と来たのは三度目だ。今年三十になると言っていた彼とは、伝言ダイヤルというので知り合った。暇に任せて読んでいた女性週刊誌で、電話を使った告知板のようなものがあることを知ったのだ。単に浮気をしたいだけだった私には好都合だった。真面目に恋愛したい男がそんなもので女を捜すわけがない。

期待などしていなかったのだが、私は運良く好みのタイプに当たったようだ。その男はほとんど無職に近い絵描きだった。以前は中学校の美術教師をしていたそうだが、あれこれ拘束だの責任だのがあるのが煩わしく、今は近所の子供にデッサンやスケッチを教え、一年の半分ぐらいはアジアのどこかの国でぶらぶらしていると言った。

結婚してから三人目の浮気相手だ。その前の人は自称陶芸家で、その前は音楽大学の講師だった。私の男の趣味は昔から一貫している。背広を着る必要のない、時間に自由のきく芸術家肌の男だ。そして彼らは皆一様に貧乏で、言うことばかりは一人前だが男としての甲斐性(かいしょう)はまったくなかった。

「息子さんもいるって言ってなかったっけ?」

「いるわよ。十二歳」

「ずいぶん離れてるんだね」

「夫の連れ子だから」

「え？　何それ？　今の旦那さんって再婚なの？」

いちいち反応が大袈裟で微笑ましい。私は裸の胸に彼を抱いて「よしよし」と頭を撫でた。

「聞いてみなきゃ分かんないもんだなあ」

「あなたは結婚したことないんだもんね。やめときなさいよ、結婚なんて」

「律子さんは幸せじゃないの？」

整髪料をつけていない彼の柔らかい髪に鼻先を埋めて私はちょっと考えた。幸福であるか不幸であるか、以前はよく考えたのに、最近はあまりそういうふうには物事を考えなくなっていた。

立派な家があって、家族がいて、働く必要がなくて、おまけに一回り以上年下の浮気相手までいるのだ。不幸であるはずがない。けれどこれを幸福とは呼ばないような気がした。

最近のラブホテルは昔のように淫靡でなく、まるでシティホテルの一室のように清潔だった。そして私の恋愛も、いつしかさらさらと乾いたものになってきていた。幸せと不幸せは紙一重で、それはどちらも蜂蜜のように粘りがあるものだ。私は浮気をすることにかけらも罪悪感がないし、こうして裸で抱き合っている時は相手を愛しいと思うけれど、彼が明日からどこかよその国に行ってしまっても特に悲しくはならないだろう。

後ろめたかったり、別れが悲しかったり、会えない時間がつらかったりするからこそ、それが埋められた時の喜びがあるのだ。

どう答えようかと考えているうちに、いつしか男は腕の中で眠ってしまっていた。答えないでよくなったことに私は安堵し、彼の額にそっと唇をつけた。

娘の選んだ男は、案の定つまらなそうな男だった。

背広もネクタイも靴下も趣味が悪く、年齢は知らないが既に中年太りがはじまっていてあちこち窮屈そうだった。手毬とは仕事先で知り合ったらしい。娘は父親のコネで就職したので、その男も同じ業界にいるようだった。

思ったとおりに畳に手をついて「お嬢さんと結婚させて下さい」と言うので、もう少しで笑いそうだった。けれど「子供ができてしまって申し訳ございません」と丸い顔をしたその男が言った時にはさすがの私も驚いた。手毬は男の横に座り、ただうつむいている。

思わず夫の顔を見たが、彼はこちらを見ようともせずひとつ頷いただけだった。なんだ、知っていたのかと私はしらけた気分になった。きっと手毬が事前に打ち明けておいたのだろう。娘はどうやら血のつながった母親よりも、この義理の父親の方を百倍も信用しているようなのだ。だから、父親が気に入りそうな男を連れて来るだろうとは予想していたが、まさか妊娠しているとは思わなかった。それに、いくらなんでも赤ん坊ができたことを、母親の私より先に父親に告げていたのは、正直言って面白くなかった。

孕(はら)んでしまったものは仕方ない、披露宴はなしにして身内だけで簡単に式をしようと話が進んでいった。私は適当に相槌(あいづち)を打っていたが、お茶を淹(い)れ直しに立った娘の後を追って台所へ行った。

「この子はまあ、いつの間に子供なんかつくって」

食器棚から紅茶茶碗(ぢゃわん)を出す娘の背中に私は言った。

「お母さんに言われたくないわよ」

「いちいち可愛くないわね。先に教えてくれてもよかったんじゃない?」

娘は答えずカップやポットをお湯で温めている。お茶でもご飯でも私より娘の方がおいしく作ることができた。上の空でやっている私と違って心がこもっているからだろう。

小花模様のワンピースを着た娘の背中を私は眺めた。今日のために買ったのだろうが、少女趣味すぎて全然似合っていなかった。髪が半端に長く、働くようになってからだいぶ太ったようで何を着ても垢抜けない。子供なんか産んだらこのままおばさん一直線だなと私は思った。

「お父さんには言ってあったんでしょう?」

「驚かせたら悪いじゃない」

「私なら驚かせてもいいわけ? あんた達怪しいわよ。私の知らないところで、できてるんじゃないの?」

言ったとたんに何かが飛んできた。私の髪をかすめて後ろの床に落ちたそれは、ふたつに割れた。紅茶のポットの蓋だった。

「信じられない。どうしてそんなこと言うの? お母さんと一緒にしないで」

娘が低く唸るような声で言った。目には涙さえ滲ませている。

「また喧嘩?」

あっけらかんと響く子供の声に、私と娘は同時に振り向いた。息子が無表情に台所の入口に立っている。手毬は慌てたように床にかがみ、破片を拾うふりをして手の甲で涙を拭っていた。

「手毬ちゃん、僕遊びに行っていい?」

母親が目の前に立っているというのに、息子は姉の方にそう聞いた。

「……いいわよ。夕飯には帰ってらっしゃい」

「お客さんも一緒に食べるの？」

息子は頷くと、私の顔をちらりと見てから踵を返して廊下を走って行った。

「私も遊びに行っていい？」

息子の真似をして聞くと、ものすごく恐い顔で睨まれた。

「あなたは母親でしょう？」

母親だから何だというのだ。母親だというだけで、仕事とゴルフにしか興味のない男達に話をあわせて笑っていなければいけないとでも言うのか。

私は玄関を出ようとした息子を呼び止め、一緒に家を出た。

「正弘はどこ行くの？」

「キミちゃんとこ。ファミコンするんだ」

「ふーん。お母さんも行っていい？」

「やだよ。親なんか連れて行ったらかっこ悪いだろ」

「それはそうね」

息子と並んで歩きながら私は肩をすくめた。つい勢いで出て来てしまったので、お財布さえ持っていないことに気がついた。

「正弘、お金持ってる？」

「小学生にたかる気かよ」

「五百円でいいから。本屋かなんかぶらぶらしてから帰る。千円にして返すから」

バス通りの交差点で立ち止まり、息子は訝しげに私を見上げる。そしてしぶしぶキャラクターのついた布製の財布から五百円玉を取り出した。

「あんまり手毬ちゃんを苛めるなよなあ」

「ええ？　苛められてるのはお母さんじゃない」

「手毬ちゃんは奥手なんだからさ」

そう言うと息子は坂道になっている交差点を上の方向に小走りに行ってしまった。意味が分かって言っているんだかどうだかと思いながら、私は逆方向へ歩きだす。

母親と姉は、自分と血のつながりがない。そのことを息子が知っているかどうか、私には分からなかった。今の夫と結婚した時息子は二歳で、覚えているかいないかぎりぎりの年齢だ。夫か手毬が話したかもしれないし、話していないのかもしれない。いずれにせよ、私は聞かれなければ何も話す気はなかった。

十年前、私と娘の手毬は夫に拾われた。彼は当時私が仲居をしていた小さな割烹の常連客だった。身なりがよくて下品なところがなくて、いかにも家庭を持っていそうに見えたのに、毎晩のように店にやって来ては酔いつぶれるまで飲んでいた。変な人だと思って店の人に尋ねたら「あの人女房に逃げられたらしいよ」と教えてくれた。

その頃私はとにかく誰かと結婚したくて仕方なかった。手毬の父親が蒸発してから何人か恋人はできたけれど、好みのタイプの男は皆、一家を養うという発想のない人ばかりだったので〝このままでは一生このままだ〟と途方にくれていた。

自分一人ならば何とでもなっただろうが、育ち盛りの性格の悪い娘と、そういえば犬までいたのだ。何とか溺れ死なないように浮いてはいたが、爪先が地べたにつかなくて拠り所がなくて不安で仕方なかった。いいかげんに疲れ果てて、どんな岸でもいいから泳ぎ着きたい気持ちになっていた。だから私はあえて好みのタイプではない彼に近づいた。向こうもきっと妻に逃げられて浮輪を取り上げられたような気持ちになっていたのだろう。私は彼とすぐに寝ることができ、こちらから言いださなくても向こうから結婚を口にした。

しかし夫はひとつだけ私に嘘をついていた。離婚したばかりだというのは聞いていたが、赤ん坊がいることを知らされたのは籍を入れてからだった。彼が私達のために新しく買った今の家に手毬と二人で引っ越して行った日、彼が雇っていた家政婦の腕に子供が抱かれていて「ほおら、新しいお母さんよ」とバトンタッチされた。娘がいることを私は隠さなかったのに、騙されていたことがものすごく悔しかった。

そういえばあの時、いつも仏頂面の娘が突然笑いだして「そういうことだったのか」と妙に納得していた。そして何故だか赤の他人の中年男を、自分の父親として信用する気になったようだった。

十七の時、若気の至りで手毬を産んで、いかに自分に母性本能がないのか自覚した。幸い若すぎるという理由で有無を言わさず両親の籍に入れられることになり、七つまでは別々に暮らしてほとんど子育ては母親に任せていたからよかったが、いきなり他人の子供、しかも二歳の男の子の母親になんかなれるわけがないと思った。逃げてしまおうかと一瞬本気で思った。けれど、せっかく手に入れた郊外の立派な一軒家と専業主婦という安住の地を手放すのは惜しかった。どうしても我慢できなくなったら逃げようと思いつつ、いつの間にか十年がたってしまった。

息子から巻き上げた五百円玉をスカートのポケットに入れ、私は手ぶらでゆっくりと住宅地の坂を下って行った。昨日に引き続き今日も空はからりと晴れていた。同じような造りの一軒家が左右に建ち並び、どの家にも花の鉢が並べられている。子供が乗るプラスチックの赤い自動車や、きちんと刈り込まれた芝の上でゴルフのスウィングを練習する男の姿が目に入った。昔憧（あこが）れた生活が、今はこうして私の身近にあった。

運がよかったと思う。再婚相手は面白みには欠けても概（おおむ）ね誠実で、家には給料以外のものを持ち込まない男だった。連れ子がいたのはショックだったが、頼みもしないのに手毬があれこれ乳母のように世話を焼いてくれたので、私は予想していた半分も苦労しないで済んだ。

息子は同年代の子よりずっと大人びていて、当たり前だが私よりも手毬になついていた。面倒がらずによく遊んでやっていたし、食事もほとんど手毬が作っていた。悪戯(いたずら)をして叱られた時だけ私のところに避難してきたが、さっきのように何か許可を得るのは私により手毬にだ。

人は環境によってこうも変わるものなんだな、と私は自分の娘を見て思った。二人で暮らしている頃の手毬はぎらぎらしていて狡賢(ずるがしこ)く、犬の世話だけはよくしていたけれど、およそ女らしいところのない憎たらしい子供だった。そういえば学校の制服だけはよく似合っていた。

私への敵意が剝(む)きだしだったので、そのうちそばを離れ勝手に生きていくのだろうと思っていた。なのに手毬は家を出て行かなかった。あの子もやはり裕福な生活を放棄できなかったのだろうか。国立大学の英文科に通い、まるで昔からそうだったようにお嬢様然とした恰好(かっこう)をした。ほとんど笑顔を見せない子だったのに、子供をあやしたり父親と話したりするときには娘らしい笑顔を見せるようになった。実際この十年、私達はおだやかに暮らしてきたと思う。

手毬は大学を出て就職しても、よほど義理の父親に恩を感じているらしく、家を出るどころか休みの日にはせっせと家事をしていた。まさか一生ここにいる気じゃないでしょうねと私はぞっとしていたぐらいだ。

駅の近くまで歩いて来てしまい、私はコンビニに寄って煙草と百円ライターを買った。そして駅前広場にある噴水のふちに腰掛け、子供を連れた家族が通るのを煙草を吸いながら眺めた。

私達が越してきた十年前、このあたりはちょうど再開発の手が入ったところだった。古い木造の駅舎が壊され、こぎれいな駅ビルが建った。駅のそばにあった成人映画をやっていた映画館はつぶされて、モダンな造りのテナントビルになった。どこもかしこもきれいに整備されてはいるが、どうもテレビのセットのようにぺらぺらで奥行きがない。

駅の裏に少しは居酒屋やスナックもあるが、一度一人で入ってみて懲りた。そこは帰宅拒否症のサラリーマンと少しだけ残った地元商店街の店主達の溜まり場で、女が一人で寛げる場所ではなかった。

あの頃は楽しかったな。最近歳のせいか、こうして一人でぼんやりしていると、再婚する前のことを懐かしく思い出すようになっていた。

お金が足りなくて、少しでもいい働き口があると店を移っていったけれど、行く先々で仲間ができた。似たような境遇ですぐ仲良くなって、店が退けるとよく飲みに出た。アパートのそばにも行きつけの焼き鳥屋があって、鬱憤がたまるとそこへ行って騒いだ。今の方がよっぽど恵まれているはずなのに、何をしてもどこへ行ってもしっくりこない。岸辺にたどりついたはずだったのに、いつの間にかまた沖へ出てきてしまったような気がする。

しばらくぼんやりしていたら、通りかかった女の人が会釈するのが見えて、私は慌てて笑顔を作った。近所の奥様に見られてしまった。

私は煙草を地面に落とし、サンダルで踏みつけて立ち上がった。

そろそろ帰らなくては、また娘に叱られる。

「まあ、お嬢さんが結婚？　それはおめでとう」

「二十七？　ちょうどいいじゃない。うちのも三十までには片付けなくっちゃ」

カルチャー友達はさすがに浮気相手と違って、当たり前な反応をした。

「お式や披露宴で物入りでしょう？」

「ううん。実は赤ん坊ができちゃって慌てて結婚することになったのよ。だから式だけ簡単にやって披露宴はなしなの」

「よかったじゃない。うちは一昨年息子が結婚したんだけど、定期預金それで全部なくなっちゃったわよ。出してもらえるもんだって思ってるんだから憎らしいわよねえ」

「うちの娘もそうしてくれないかしら」

カルチャーセンターで知り合った主婦達と私は声をあわせて笑った。別に可笑しくなかったけれど、大声で笑えば少しは気分が軽くなる。教室が終わるといつも誰かとお茶を飲んで帰るのだが、喫茶店にいる時間はどうかすると授業の時間より長かった。

地元の駅から十五分上り電車に乗ると他の私鉄とのターミナル駅があって、その駅ビルの最上階の大きなカルチャーセンターに私はもう十年近く通っていた。

妊娠して高校中退を余儀なくされた私は、いつか余裕ができたら勉強っぽいことをしてみたいとずっと思っていた。父親は少し書をかじっていたようなので書道もやってみたいし、母親は料理が上手だったので料理教室にも行ってみたい。その他にも百を超えるコースがそこにはあったので、これで一生暇が潰れるわと最初私は単純に喜んでいた。

けれど最近は惰性もいいところだ。いくらきれいな字が書けたって、魚がうまく下ろせたって、それが何だというのだ。動機が希薄なので何をやってもすぐ飽きてしまう。アートフラワー、鎌倉彫り、手作りパン、陶芸、簡単な英会話、ピアノ、ヨガ、アクアビクスとあれこれやってみたけれど、どれひとつとして熱中したものはなかった。講師と少し付き合ってもみたが、それさえも長続きはしなかった。

知り合いだけは増えに増えた。昼間から優雅にお稽古事に来ているのは皆私と同じような境遇の主婦で、資格を取ろうとか将来的に何かの役に立てようとか考えて来ている人ではなかった。適度に裕福で、もう手のかかる子供がいなくて、同じ私鉄沿線の住宅地の一軒家に住んでいる。というよりは、その前提で付き合っていると言った方が当たっている。

私達は夫や子供の話をして笑ったりぐちったりはするけれど、それは表面上のことだけだ。それは暗黙のルールだった。何しろ私は一度として、夫との馴れ初めを聞かれたことがない。別に秘密にしているわけではないが、聞かれないのでわざわざ後妻であることなど口に出さない。もしかしたら目の前で麻のスーツを着て笑っている奥さんも、聞いたら驚くような秘密を持っているかもしれないが、向こうからは絶対言わないだろう。

居心地は決して悪くない。働いていた頃は店の人達や酔った客によく生い立ちを聞かれて「放っておいてくれ」と思ったものだ。時々気が合うと思った人に夫が蒸発したことや娘を一人で育てていることを打ち明けると、翌日には店中にそれが広まっていて、ねっとりした興味の視線を浴びた。それに比べたら他人の事情にずけずけ踏み込んでこない主婦達は上品だった。

「八木さん、どうかした?」

何となく胸が苦しくなって、私は何度も深呼吸を繰り返していた。それに気づいたカルチャー友達が心配そうに聞いてくる。

「ううん……なんか息が切れちゃって」

「座ってるのに？　不整脈じゃない？」

「そろそろ更年期かもよ」

そう言われて私は変に素直に頷いた。酸素が薄い感じがするのは、もう歳だということなのかもしれない。


娘が花嫁衣装をまとっている。私はソファに腰掛けて、結婚式場の衣装係に何着も打ち掛けを羽織らせてもらっては鏡を覗き込んでいる娘の姿を眺めていた。

一人で行くのは変だから、と娘に頼まれてついて来た。私のことが嫌いなくせに、体裁をつけたい時にだけ娘は母親としての私を使いたがった。

式だけなのでお色直しはなく、娘は白無垢だけ着ると言っていたが、婚礼係のおばさん達に勧められるまま朱色の打ち掛けを嬉しそうに羽織ってみていた。畳張りの衣装室の奥にはずらりと並んだウェディングドレスも見えていて、私はちょっと不愉快な気持ちになっていた。

十七で同級生との間に子供ができてしまったので、私はもちろん結婚式などしてもらえなかった。あの頃そんなことはちっとも構わなかったし、花嫁衣装が着られなかったことが悔いとして残っているというわけではないが、やはり娘が少し妬ましかった。

私のような母親を持ったことは娘にとって不運だったかもしれない。けれど、学校だって全部ちゃんと行ってご立派な企業に就職して、私の趣味ではないが妻子を飢えさせたりはしなそうな夫を捕まえたのだ。無愛想な子だと思っていたが、こうして知らない人達に囲まれて談笑しているのを見ていると、誰にでも仏頂面なわけではなく、ちゃんと愛想笑いも社交辞令も言えるように育ったのだなと感心してしまう。

幸せなんだろうな。まるで他人事のように私は思った。テレビドラマや映画で我が子の結婚に感激し涙を流している親を見たことがあるけれど、あれはただの作り事に違いない。娘であってもやはり他人の幸せは他人のもので私のものではない。それとも私が母親として異常なのだろうか。

「お母様」

紺の制服を着た婚礼係が慌てたように声を掛けてきて、私は物思いから引き戻された。なんで知らないおばさんにお母様なんて呼ばれているんだろうと思ったら、その人の肩ごしに娘が畳の上にへばっているのが見えた。

悪阻だから大丈夫だと娘も私も言ったのに、式場の人達は親切にも休んでから帰って下さいと宿泊用の部屋を貸してくれた。私がサービスで淹れてくれたコーヒーを二杯飲んでしまっても、娘はベッドの上にうつぶせに寝そべったままだった。

「具合どう？」

あんまりずっとそうしているので、眠ってしまったんじゃないかと思って声を掛けた。

「心配してるなら煙草なんか吸わないでよ」

両腕の中に顔を埋めたまま娘は言い放った。けれど声に力がなかった。窓際の椅子に座って庭を眺めていた私は黙って煙草を灰皿に押しつける。何だかいやに静かで間が持たなかった。

「ねえ、手毬」

話しかけても娘はぴくりとも動かない。

「あんた、お父さんのこと覚えてる？」

一瞬間を置いてから娘は顔を上げた。そこではじめて私は娘が泣いていることに気がついた。

「なに泣いてんの？」

「何で急にそんなこと言いだすの？」

お互い質問を投げかけて、私と手毬は見つめ合った。改めて見ると娘の顔色はいつもよりずっと悪かった。

「別に理由はないんだけど」

娘があんまり深刻そうだし、体調も悪そうなので私の方が折れてそう答えた。

「だったら二度とそんな人のことは言わないで」

「どうしてよ。実のお父さんよ。犬小屋作ってもらったりして、あんた、なついてたじゃない。忘れちゃったの？」

「まさか連絡取ってるの？」

「何言ってんの、出て行ったきりよ」

露骨に大きな息を吐いて、娘はまたベッドに顔を埋めた。今度は傍目(はため)にも分かるようにして泣いていた。

「だからなんで泣いてるの？　なんかあったの？」

「あんたのせいじゃないっ」

娘は顔を上げて大きな声を出した。

「結婚するのよ。子供が生まれるのよ。おめでとうぐらい言ったらどうなの？」

あら、言ってなかったかしら、と私は瞬(まばた)きする。

「関係ないって顔しちゃって。あんたの孫なのよ」

言われて私は少し驚いてしまった。娘が妊娠しているということは、私にとっては孫ができたということだ。もちろん頭では分かっていたが、どうもピンときていなかった。けれど娘に言われて急に自分が〝おばあちゃんになる〟という実感が湧いてきた。それは娘から結婚することを打ち明けられた時のように、喜びとは反対の感情を伴っていた。

「どうして今になって本当のお父さんのことなんか持ち出すの？　お父さんは死んだのよ。あんたが殺したんでしょう」

「人聞きの悪い。勝手に蒸発しただけよ」

「死亡届出したのはあんたでしょう？」

「それはそうだけど」

かみ合わない会話に私も何だか腹がたってきた。娘が私に対して癇癪を起こすのはいつものことだけれど、心配してやっているのに人殺し扱いされたのでは堪らない。

「私はすごい決心してここにいるのよ。昔のことは全部忘れようって決めて。それをどうしてほじくり返すのよ」

そう言っているわりには、私よりも手毬の方が何倍も昔のことを忘れられないでいる様子だった。

「あの隣に住んでた、外人の男の子」

意地悪な気持ちがこみ上げてきて私は言った。

「前は捜してたみたいだけど、もうやめたの？　あの子のことが好きだったんじゃないの？　あんな冴えない男の子供なんかつくっちゃって。本当にあの男と結婚なんかしたいわけ？」

するとは娘は絶句し、ひどく傷つけられたような顔をした。言いすぎたかなと思ったけれど、娘はただうなだれただけだった。言い返してこないのがちょっと不気味だった。

その日曜日の夕飯は、久しぶりに夫と私の二人きりだった。

「正弘は？」

書斎から下りて来た夫はそう聞いてきた。

「近所の友達のお誕生会に呼ばれて行ってるわ」

息子は誰に似たのかずいぶん社交的だ。家にいる時はほとんど喋らないくせに外面はいいらしく、しょっちゅう友達から電話がかかってきて誘われては出掛けて行く。その手反対に手毬は若い娘らしくなく、土日は必ず家にいて夕飯の準備をしていた。その手毬が今晩は、結婚相手の男の両親に招かれて食事に行っていた。

私だって主婦のはしくれなので、たまには食事の支度ぐらいはする。でも、手毬と違ってほとんど冷凍食品を並べるだけだが。

夫が平日家で夕飯を食べることはまずないし、私より早く起きて私が眠ってから帰って来ることが多いので、こうして久しぶりに二人きりで向かい合うと、どうも居心地が悪かった。夫も同じように感じたのか「静かだな」と呟いてテレビを点けた。私と夫はテレビの画面を眺めながら箸を動かした。テレビではサザエさんちもちょうど夕飯時だ。マスオさんに少し同情しながらテレビを見ているうちに、そういえば手毬は結婚したらどこに住むのか聞いていなかったなと思い出す。当然出て行くものだと思っていたが、まさかここに住むつもりなんじゃと急に嫌な予感を覚えた。

「手毬達はどこかに部屋を借りるのかしらね」

私の問いに、夫は飲みかけた味噌汁の椀を置いた。

「駅の向こうに建ててるマンション、買うつもりらしいよ」

「ずいぶん近所ねえ」

「赤ん坊が生まれるんだ。近所の方が君も楽だろう」

そう言われて私は初めて、自分がおばあちゃんとして当てにされていることに気がついた。

「手毬は会社を辞めないの？」

「あそこを辞めたらもったいないよ。これから伸びる会社なんだから」

その口ぶりから、どうやら娘は父親にあれこれ相談して今後のことを決めたらしいと分かった。手毬はきっと婚礼衣装を選んだ時のように、職を持たずにぶらぶらしている私を便利に使う気なのだろう。実家のそばに住んで、結婚して子供を産んで、仕事は辞めずに子育ては親に助けてもらう。時代も事情も違うが、私がやってきたことと同じといえば同じだった。血は争えないわねと私は苦く笑った。

そこで夫が「ごちそうさま」と箸を置いた。おいしくなかったのか冷凍のエビチリが半分残っていたが、彼は何も言わなかった。そういえば、私はこの人が何か文句を言ったり怒ったりするのを見たことがないように思った。

前の晩の帰宅がどんなに遅くても、風邪で熱がある時も、夫はちゃんと毎朝起きて会社へ向かった。土曜日はたいていゴルフで、それも仕事のうちなんだろうと思う。そしてどんなに酔っぱらっても深夜タクシーで帰宅して、和室に並べて敷いた布団の向こう側に黙って入って眠っていた。向こうの布団から夫の手が伸びてきたりしたのは、結婚した最初の半年ぐらいだけだったし、一年もたつと声も掛けてこなくなった。

そういうことについて、何か不満があるわけではなかった。不満どころか私は満足だった。好きだから結婚したわけではない。いや、安定した生活を与えてくれる人として私は夫のことが十分好きだった。私が恋愛してきた男達や浮気相手よりも、はるかに立派で善良な人だと思う。

だが仕事先では私の知らない別の顔も持っているのだろう。そう考えると手毬の方が彼の家庭では見せない面を知っていて、だから二人は私より親密なのかもしれない。夫にとって職場こそが生きる場所であるのなら、私は彼のよそよそしい外面しか知らないことになる。

　正弘を産んだ前の妻がどんな人で何があって出ていったのかは知らないが、何となく予想がついた。夫は夫という役割を果たしてはいるが、私の目にはその役割しか映らない。そこに確かにいるのに触れることができない、立体映像のようなものだった。

「君のお兄さんのことなんだけど」

　お茶を淹れて持って行くと、立体映像から意外な返事がかえってきた。

「え？」

「お兄さんだよ。連絡はしているのか？」

「いいえ。突然なあに？」

　私には十歳上の兄がいるが、歳が離れていたせいか可愛がってもらった思い出もなく、もはや私の人生にはまったく関係のない他人だった。

「手毬の結婚式なんだけど、向こうさんと人数のバランスが取れなくてね。もう一人ぐらい親族がいないと変だろう？　お兄さんが出席してくれないかな」

　手毬の結婚のことを兄に連絡するという発想が微塵もなかった私は、どう返事をしたらいいか分からなかった。

「手毬がそう言ったの？」

「いや」

夫は少し考える顔をした。そして本当は黙っているつもりだったのだろうことを口にした。

「本人達もあちらのご両親も、本当は披露宴をやりたかったそうなんだ。でも手毬が友達も親戚もいないからそんなには人数を集められないって言ってね。できれば披露宴をやってやりたかったけど、サクラを頼むわけにもいかないし」

それを聞いて私は自分の娘を哀れに思った。いろいろつらいめにはあわせたが、可哀相だとは今まで一度も思ってこなかった。けれど人数を集められないから披露宴ができないと嘆く娘が、友達や親戚がいないことを恥じている娘が、哀れで仕方なかった。

何故そんなつまらない女に育ってしまったのか分からなかった。

兄に最後に会ったのは、父親の葬式の時だった。まだ手毬は小学生だったので、泣かれたりわめかれたりするのが面倒で連れて行かなかった。

私が実家を出た後、昔の家は取り壊されて団地となり、うちは借家だったが優先的にその団地に入居できることになっていたらしい。それでしばらくの間、父と兄は近所のアパートに住んでいたが、団地が完成する前に父は亡くなった。母が死んでから、何を言っても上の空で幽霊みたいになっていたから、父の死はそれほど悲しくはなかった。

兄は父の葬式を終えると引っ越しをし、新しい電話番号だけは教えられていたが、その番号に電話をしてみたことは一度もなかった。番号をメモしておいたのが郵便貯金の通帳の裏だったというのは覚えていたので捜してみたら、引出しの奥から簡単に見つかったので驚いた。そして走り書きしてあった番号に電話をかけてみると、あっさり兄が出たのでもっと驚いた。

何年ぶりか分からないのに、兄はそっけなく何の用事かと私に尋ねた。何も考えていなかった私はつい勢いで「手毬が結婚することになった」と言ってしまった。すると電話の向こうで兄は少し黙った。そして待ち合わせ場所と時間を一方的に告げられ電話を切られてしまった。

そういうわけで私は久しぶりに下町方面に向かう電車に乗っていた。いつの間にか都心から地下鉄が連絡していて、すごく遠いと思っていた育った町が案外近い場所だったことを私は知った。

昔住んでいた駅に降り立つと、商店街は様変わりしていた。今住んでいるニュータウンと同じような店が建ち並んでいる。それでも見覚えのある下駄屋や鯛焼き屋が残っているのを見つけた。手毬を産んで家から追い出された私は、たまに娘の顔を見に実家に帰る時、よく鯛焼きやラムネを買って行った。小さい頃、手毬は本当に可愛らしく、我が子ながらどんなわがままも聞いてあげたくなるような子だった。それとも離れて暮らしていたから可愛く思えただけなのだろうか。

兄との待ち合わせは平日の半端な時間で、しかも公園だった。家に呼んでくれとは言わないけれど、喫茶店ぐらい入ってもいいんじゃないかと思う。私とはお茶も飲みたくないということだろうか。

その児童公園は、よく父親に連れられて子供の頃遊びに来た所だ。兄と一緒に来たかどうかは覚えていない。象をかたどった滑り台は色あせてしまっていたが記憶通りの位置にあった。単なる空地だった所には野球のグラウンドができていた。

時間通りに兄は公園の入口に現れた。父の葬式で会った時とまるで変わらない様子だった。もちろんだいぶ老けてはいたが、私の顔を見ると不機嫌そうに視線を伏せるところが昔通りだ。兄は黙って私が座っているベンチの横に腰を下ろす。開襟シャツに綿のズボンを穿（は）いているので今日は休みなのかもしれない。

「呼び出してごめんなさい」

そう口に出してから、呼び出したのは兄の方だったことを思い出して舌打ちする。どうも私はこの人が昔から苦手なのだ。

「いいよ。渡したいものがあったんだ」

むっつりした横顔が娘の手毬と重なった。そうか、娘の生真面目さや頑固さはこの人から遺伝したのかと思った。兄はポケットから白い封筒を取り出すとこちらによこした。封がしてあって、手毬様とくせのある字で書いてある。兄の字だ。

「お祝い。手毬に渡して」

「……ありがとう」

「じゃあ」

一分も座っていなかったのに、もう兄は立ち上がる。

「ちょ、ちょっと待って」

思わず引き止めてしまった私を、兄は無表情に見下ろしていた。足元がサンダルだということに気がついた。家はこの近所なのだろう。

「何？」

「住所を教えてもらっていいかしら。たぶん手毬がお礼状を書くと思うから」

「いらないよ」

「でも」

「ちゃんと渡してくれればいいだけだよ」

兄の口に皮肉な笑みが浮かんだので、私は見透かされていることを知った。そうだ、この人は私のすることぐらい全部見通しているはずだ。

　父の葬式の時、私は兄に夫が蒸発して家計が苦しいと泣きついた。すると兄は手毬名義の郵便貯金通帳を作って、そこに毎月仕送りをしてくれるようになった。大した金額ではなかったが、それがあるとないとでは大違いで、私はずいぶん助けられた。もちろん手毬の学費にも使ったけれど、それは生活費や時には私が服を買ったり酒を飲んだりする金にもなった。今でも送金は続いていて、さすがに最近はそれに手をつけたりはしていないが、いまだに手毬には兄から送金があることを知らせていない。

「今もまだ一人なの？」

　なんとなくそんな気がして私は尋ねた。

「ああ、独身だよ」

　そうだ、そういえば私は兄に再婚したことすら話してはいなかった。ということは、兄は居所も分からない私と手毬に毎月欠かさず送金してくれていたのだ。

「じゃあ、もう帰るから」

「待って。私の電話番号書くから」

　急いでバッグから手帳とペンを取り出そうとする私に兄は言った。

「いらないよ」

　憎まれている。そう痛切に感じた。兄は私が憎いのだ。

家に帰ると、まだ日暮れ前だというのに手毬が家にいた。

「ずいぶん早いじゃない。会社早退したの？」

リビングのソファに朝出掛けたままのスーツ姿でぼんやり座っていた娘に私は声を掛けた。手毬はゆらりと視線をこちらに向けた。どうも娘のお腹に赤ん坊が入っていることを私は忘れがちだ。自分が子供を産んだのはもうずいぶん昔だし、確かほとんど悪阻(つわり)がなく、若かったせいか臨月まで元気に過ごせたので妊婦の体調というものがうまく想像できなかった。

「まだ悪阻おさまらないの？」

私の問いに手毬は答えなかった。じっと唇を嚙(か)んで下を向いている。どうやら今日も機嫌が悪いようだと背を向けると「お母さん」と呼び止められた。

「今日はどこに行ってたの？」

真面目に聞かれて私は肩をすくめた。

「カルチャーセンターよ」

「嘘つかないで」

冷ややかに言われて私は鼻で笑った。

「どうしたの？　なに怒ってるの？」

「どこへ行ってたか聞いてるの」

「伯父さんの所よ。手毬が結婚するって言ったらお祝いをくれたの」

私はバッグの口を開けて封筒を取り出し、ダイニングテーブルの上に置いた。

「どうして嘘ばっかり言うの？」

疲れた声でそう言って、手毬は首を振った。

「本当だってば。やあね、人のこと疑って」

「これ見て」

娘も同じようにバッグから何かを出し、こちらへ差し出した。どうやら写真のようだ。受け取って見ると、そこには私が写っていた。白い車から降りようとしている私と、運転席には眼鏡を掛けた男。写真は二枚あって、もう一枚は高速の出口にあるラブホテルと、ビニールの目隠しをくぐってその白い車が出てくるところが写っていた。車の中には当然私とその男が乗っている。右端にはご丁寧に日付まであった。この間、浮気相手に会った日だった。私は溜め息をついて写真を娘に返した。何も言われなくても、娘の婚約者が調べたのだと察しがついた。

「言っておくけどね」

手毬が口を開きかけたのを遮るように私は言った。

「あんたの父親だって、私と結婚する時にこうやって何でもかんでも調べたんだからね」

娘は壊れてしまったようにかすかに口をぱくぱくさせる。そして私はさっきダイニングテーブルの上に置いた封筒を取って、入っていた紙を娘の前に放った。兄がいくら包んでくれたのかと思って開けてみたのだが、入っていたのは金ではなかった。兄はどういうつもりで結婚が決まった手毬にこれを渡す気だったのだろうか。娘はその古そうな紙切れを手に取って目を落とす。

「……マーティル・ウィルソン？」

「あんたがジョンって呼んでた子よ」

それはアルファベットではなく、下手くそな片仮名で書かれた名前だった。その下には日本のものではなさそうな電話番号が書いてあった。


伝言ダイヤルにメッセージを入れておくと、意外にもすぐに男は迎えに来てくれた。駅前のバスターミナルに埃っぽい白い車が現れて、彼は笑顔でドアを開けてくれた。

「律子さんから連絡してくるなんて珍しいね」

助手席に乗り込むと、男は嬉しそうに笑った。

「何か予定があったんじゃないの？」

「生徒がいたけど追い返した」

「いいの？」

「いいんだよ。どうせ来週からまた旅だから」

「今度はどこへ行くの？」

話しながらも車はスピードを上げてゆく。行き先など告げていないのに、当たり前のように車は目的地を目指していた。

「アンコールワットを見にいくんだ」

「いいわね。私も行きたいな」

「危ないから駄目。内戦やってるんだから」

「そんな所にどうして行くの？」

その質問に男は答えなかった。フロントグラスに顔を向けたまま、横顔だけでにやにや笑っている。

ああ、私もにやにや笑って生きていこう。唐突に決心がついて私は目をつむった。蒸発した前の夫の気持ちがやっと理解することができた。夫のクレジットカードと手毬の郵便貯金通帳を持って来てよかった。

このままどこかへ行ってしまったら、きっと娘も夫も私を憎むだろう。どうやら私は身近な人に恨まれる運命にあるようだ。でも恨まれる方は何だか罪悪感が湧かなくて戸惑うばかりだ。

私は運転席の男の腕に触れてみた。それは立体映像ではなく、ちゃんと手触りと体温があった。男は何か勘違いしたらしく、片手で私の頰に触れてきた。とろりと私をつつむ空気が変わった。

落花流水……………………………………一九九七年

た。

九段下(くだんした)の駅で降りたのは初めてだった。地下鉄構内にあった巨大な地図で私は武道館方面への出口を捜し、長いエスカレーターとその上にさらに続く急な階段を上がった。

やっと地上に出、息を切らして立ち止まると、昼食に出てきたスーツ姿の会社員達が私の前や後ろを素通りしていった。恰幅(かっぷく)のいい白髪まじりの男性とその部下らしき若者が笑いながら地下鉄の階段を下りて行く。その背中に視線を吸い寄せられ、私はしばらくぼうっと立っていた。誰かと肩がぶつかり我に返る。ＯＬ風の女の子が「すみません」と早口に謝っていった。腕時計に目を落とすと、もう約束の時間まで二分しかなかった。私は気を取り直して歩きだす。

皇居のお濠(ほり)を左手に見ながら私は坂を上がって行く。朝起きた時は晴れていたのだが、いつの間にか空はぼんやり薄曇りになっていた。洗濯物を出しっぱなしにしてきたことが頭を過(よぎ)る。天気予報では今日は降らないと言っていたがどうだろう。

武道館の門と消防署を通り越して最初の角。そこを左手に折れると、すぐにインド大使館の標示が見えた。私は歩道に立ち止まる。一気に坂を上がってきて鼓動は速くなっていたが、気持ちの方は不思議なぐらい落ちついていた。

ここを待ち合わせ場所に指定した人は、ちゃんとそこにいた。

大使館の入口から何人かのインド人が談笑しながら門を出て行く。彼らが行ってしまうと、柵にもたれて煙草をふかしている白人と一瞬視線がからみあった。しかしその男はふいと目をそらし、顎を上げて空を見上げた。

彼の視線の先には桜並木がある。朝のニュースで千鳥ヶ淵の桜は二分咲きだと言っていたが、まだほとんどの蕾は固く結ばれたままで、ここから眺める限りでは咲いている枝は見えなかった。

気の早い花見客で人通りは多いように思えた。歩道に立ち止まった私と、柵にもたれて煙草をふかす男の間を何人もの人が通り過ぎて行く。彼はもう私の方を見ようとしなかった。吸い終わった煙草を足元に落とし、スニーカーで踏みつぶす。

彼に一目で気づかれなかったことに、私は落胆よりも安堵を感じていた。そうだ、分かるわけがない。私と彼が会うのは三十年ぶりなのだ。

私はゆっくりと彼に近づいていった。マーティルはまだこちらを見ようとしない。桜の枝を見上げたまま、革のジャンパーから新しい煙草をとりだしてくわえた。

「ジョン？」

私が呼びかけると、彼はびくりと体を震わせてこちらを見た。灰色がかった青い両目が見開かれ、薄い唇から火の点いていない煙草が落ちた。

「……マリ？」

絞り出された声に私は頷いた。彼の顔が弱々しい笑みで覆われる。その明らかに失望の混じった表情を見ても、私は恥ずかしいとは思わなかった。ただ年月が流れたのだと感じた。

私には恋愛感情というものが、いまだによく分からない。

人を好きになったことがないわけではない。私はずいぶん長い間、幼なじみだったマーティルとの初恋を忘れられなかったし、大人になってからは、今の夫と知り合ってお互い好感を持ち、それなりにデートをしたり小旅行に出たりもした。その結果子供ができてしまって結婚することになった。

でも、世の中で一番好きな男性は誰かと密やかに自分に問えば、答えははっきりしていた。それは出会った時から今に至るまでずっと変わらない。私が一番好きな人間は父親だった。

その人は血のつながった本当の父親ではなく、母の再婚相手で義理の父親だ。だが、世の中で唯一信頼を寄せ、そして心を許せた人間は父だった。

誰にも言ったことはないけれど、夫を好きになった理由は父にタイプが似ていたからだ。仕事上でも父の知り合いで、父も彼なら安心だと太鼓判を押した。だから私は結婚を決めたのだ。

娘のことは愛していると思う。だけどそれは恋愛感情とはまるで違うものだ。父の連れ子の義理の弟のことも、家族としては愛している。

けれど父親に対する想いは、やはり家族に持つ愛情以上のものがあった。若い頃は、母さえいなければ自分が父と結婚できるのにと嫉妬にかられたこともあった。だから十年前、母が突然失踪した時、どうしてもう少し早くいなくなってくれなかったのかと内心地団駄を踏んだ。母が家出したその時には、もう結婚式の日取りも決まっていたし、おなかには堕胎できない月になった赤ん坊が入っていた。

それでも母がいなくなって、私はようやく心の平穏を得たように思う。

大して役に立たない母親だったが、それでもいなくなれば家事や雑用を誰かが代わりにする必要があった。まだ弟も小学生だったし、私には赤ん坊が生まれる。結局私と夫は新居を構えずそのまま父の家に住むことに決めた。私は子供が生まれても勤め続けるつもりだった会社を辞め、父親と夫と弟と娘の世話をして暮らし、十年がたった。

その父がこの冬急逝した。ついこの間四十九日を終えたばかりだ。

恋愛感情だったのかどうか今でも本当に分からない。ただひとつ分かることは、父に対する愛情がどういう種類のものなのか、もう悩む必要はなくなったのだということだ。

「ジョン」

私がもう一度名を呼ぶと、五つ年上のはずの男は少年のような照れ笑いを浮かべた。彼はとても若く見えた。遠くから見ると青年のようですらあった。

「懐かしいな。そう呼ばれるの」

「犬のジョンのことは覚えてる？」

子供の頃、私はマーティルという名前をうまく言えなくて彼をジョンと呼んでいた。それはマーティルが飼っていた犬の名で、彼と別れた後私はすっかり本名を忘れ、彼の名はジョンだったと記憶違いをしていた。

「もちろんだよ。まさかまだ生きてるの？」

「もう二十年も前に死んじゃったわ。ねえ、その頃日本に来なかった？」

「うん。昔住んでた家を捜してみたんだけど、壊されて団地になってた」

マーティルはその時、団地の管理人に自分の名前と電話番号をメモして渡した。それが年月を経て私の伯父に渡り、そしてまた長い月日の後私に手渡された。あれは母が家出をした時だったから、十年前のことだ。ぼろぼろになったそのメモに書かれた番号に国際電話をかけてみると、早口の英語で女の人が出た。口ごもる私にその女性は予約かと尋ねてきた。どうやらレストランかカフェらしい。私が慌ててマーティルがそこにいるかどうか聞くと、それ誰？　という反応が返ってきた。マネージャーが来れば分かるかもしれないと言うので、私は自分の電話番号と名前を告げた。すると少しの沈黙の後、唐突に電話を切られてしまった。だからその十年後、まさか本人から電話がかかってくるとは夢にも思っていなかった。

「歩こうか」

彼の日本語は少しアクセントに癖はあっても十分流暢だった。私達は桜並木の下を歩きだす。近くでよく見ると、ほころびはじめた花びらがちらほら見えた。

「ちょっと早かったね、桜」

「そうね、来週なら見頃だったわね」

「満開の時に見せたかったのに」

「それは日本人の方が言う台詞よ」

そう言うとマーティルはまた少年のようにはにかんで笑った。まるで弟と話しているようだ。

沢山聞きたいことや話したいことがあるはずなのに、私達は言葉少なにお濠沿いの遊歩道を歩いた。ジャージ姿の学生達が並んでジョギングしている。最後尾の男の子が不思議そうに私達二人に視線を投げていった。

「日本にはいつまでいるの？」

「来週の木曜かな」

「そう」

マーティルから突然電話がかかってきたのは一週間前だ。彼はタイにいて、何年かぶりにロサンゼルスの母親に電話をかけたら私の電話番号を聞かされたのだそうだ。それで急遽アメリカに帰る前に日本に寄っていくことにした。先週の電話ではそれしか話していないので、彼が今どんな仕事をしているのか、家族を持っているのかすらも私は知らなかった。

だが何も語らなくても、お互い分かることは沢山あった。

一見若く見えるマーティルの顔には、よく見ると深く刻みこまれた皺が走り、肌がくすんで乾いていた。後ろでひとつにくくった薄茶色の髪や、恐竜の皮膚のように固そうなジャンパーからは埃と香辛料の匂いがしていた。

私の方はといえば、一昔前に流行したブランド物のバッグを持ち、踵が低く幅の広いパンプスを履いている。その黒いパンプスは父の葬儀と法要の時にずっと履いていたのですっかりくたびれていた。そしてここ数年で白髪が目立つようになり、ずいぶん長い間体重計に乗った覚えのない私は、どこから見ても冴えない日本のおばさんに違いなかった。

三十年前、十二歳だったマーティルと七歳だった私は互いに恋をしていた。あれは確かに本当にあったことだった。彼は何か幻想を抱いてきただろうか。あの時のわがままな少女が、くたびれたおばさんになって現れる可能性が大きいことをちゃんと覚悟してきただろうか。

「ボートにでも乗ろうか」

深緑の水面にきちんと並べて繋いであるボートを指さしてマーティルが言った。どうでもよかった。断る理由もないので私は頷いた。

偶然と幸運が生み出した奇跡の対面は、感動ではなく戸惑いばかりを彼にもたらしているようだ。私は困惑すらも感じることができず、ただ腫れた瞼でぼんやりと事の成り行きに身を任せているだけだった。

「お帰り。早かったね」

スーパーの袋を抱えて台所に入って行くと、弟の正弘が流しの前から振り返って言った。

「ごめん。シュウマイとサラダ買ってきたから」

「夕飯の心配なんかしないで、ゆっくりしてくれればよかったのに」

何やら野菜を切りながら彼は言った。正弘は料理が得意で、頼まなくても時々こうして食事の用意をしてくれるのだ。

「何作ってるの？」

「チャーハン。エビと卵のやつ、ヒメが食べたいって」

「姫乃(ひめの)は？」

「宿題やるって言ってたよ」

台所は彼に任せて二階へ上がって行くと、宿題をやっているはずの娘が正弘の部屋でコンピュータに向かってゲームをしていた。

「あ、見つかっちゃった」

姫乃は横目で私を見ると、何が可笑(おか)しいのか体を揺すって笑い声をたてた。

「お帰りなさいが先でしょう？」

「ママ、デートどうだった？」

「お濠でボートに乗ったわ」

「わあ、浮気だあ」

マウスを放り出して、娘は私にまとわりついてくる。寝室に使っている和室で部屋着に着替えはじめると、娘は畳に寝そべって面白そうに私を見上げた。幼なじみの男性に会うことを、私は正直に話して出掛けたのだ。家族に隠しておきたいような感情は何もなかったし、だいたい今の私には言い訳を考える気力がなかった。

「どうだった？　昔の彼氏は？」

ませた口調で娘が尋ねてくる。私は苦く笑ってブラウスを脱いだ。

「あんまり変わってなかったわ」

「その人アメリカ人なんでしょう？　英語で喋（しゃべ）るの？」

「ううん。日本語ぺらぺらよ」

「またデートするの？　今度はヒメにもママ彼見せてよ」

目を輝かせて姫乃が言った。まだ小学校の三年生なのに、まるで高校生とでも話しているようだ。今時の子供は小学校に上がるともうコンピュータゲームができるようになるし、テレビドラマの影響なのかびっくりするほどませた事を言う。

「姫乃の彼氏も見せてくれたらね」

そう言い返すと娘は得意気に鼻を鳴らした。

「ヒメはお兄ちゃんと結婚するんだもん」

「学校で好きな男の子はいないの？」

「ガキばっか。話になんないよ」

生意気な台詞を放り出して、娘は勢いよく立ち上がった。部屋を走り出ようとするその背中に「ご飯の前に宿題やりなさいよ」と声を掛けた。返事の代わりに階段をばなのだ。

たばた下りて行く足音が聞こえる。元気なのは結構だが、とにかく落ちつきのない子

姫乃は小さい頃から正弘が大好きだ。お兄ちゃんと呼んではいるが、彼は兄ではなく叔父であることを娘は幼い時から知っている。けれど、私と正弘が義理の姉弟であり、姫乃と正弘に血の繋がりはないことを彼女はまだ知らないはずだ。

いつか話さなければならないのだろうか。いつものカットソーのスカートを穿きながら私は思った。まだ娘は小さいし、正弘が姫乃を本当のところどう思っているのか私には分からない。そのことを考えると面倒で、私は深く息を吐いた。このままずっと黙っておきたいというのが本音だった。

娘ももう少し大きくなれば正弘以外の異性に目を向けるようになるだろうし、彼だっておむつを替えたこともある妹同然の女の子を恋愛の対象には見にくいだろう。だいたい正弘自身が私と自分が血の繋がりのないことを知っているかどうかも怪しいのだ。私達はそういうことをちゃんと話しあったことがなかった。それではいけないと頭では分かっていても、平穏な普段の生活の中で改まって出生のことについて話す機会など見つからなかった。それに私には昔、姉だと思っていた人からある日突然本当は母親だったと言いだされた苦い経験がある。姉は姉のままでいてほしかった思い出があるので、余計にそう思うのかもしれない。

傍目（はため）にはうちは普通の四人家族に見えるだろう。母親である私と父親である夫。娘の姫乃。〝兄〟の正弘。ついこの間までは〝おじいちゃん〟である義理の父親もいた。私達はそれで幸せだった。だったら傍目どおりそっとしておけばいい。本当のことが必ずしも勝っているとは私には思えない。

着替えと片付けを済ませて階段を下りて行くと、正弘と姫乃の笑い声が聞こえてきた。彼らは十二も歳が離れているのにとても仲がいい。

「もっと包丁の根元を持って。ほら、よそ見すんなよ」

「うるさいなあ。耳元でおっきい声出さないでよ」

姫乃がタマネギのみじん切りに挑戦するのを正弘がはらはらして見守っている。私は台所の入口に立って彼らのはしゃぐ姿を眺めていた。二人は料理に夢中で私に気づかない。

正弘はこの春大学の四年生になる。初めて会った時はまだ彼は二歳だったが、小さい頃から年齢よりも大人びていて優しい子だった。何を考えているのか分からないところもあるけれど、男の子とは思えないほど家のことを手伝ってくれたし、娘の面倒もよく見てくれた。大学に通うようになってからはさすがにそうそう家にはおらず、月に何度かは外泊してくるようになったけれど、正弘のおかげで私は物理的にも精神的にもずいぶん助けられてきたと思う。

犬のように正弘にじゃれつく姫乃の姿を眺めていると、涙がにじんできた。子供の頃、私もああして家族から愛されてのびのび暮らしていた時があった。年上で頼りになる男の子がそばにいて、その子が好きで、お嫁さんになりたいと無邪気に夢見ていた時があった。

そして大人になってからは、義理の父親が私を可愛がってくれた。父には何でも相談できた。大学に行かせてもらって、短期だったけれど留学させてもらって、就職の世話もしてもらった。分からないことを聞けば父は何でも答えてくれた。仕事でも人間関係でも、困ったことがあれば一緒に解決策を考えてくれた。正弘が姫乃にそうしているように、一歩距離を置いてずっと見守っていてくれた。

「あ、またママが泣いてる」

姫乃が道端に捨てられた子猫を見つけた時のような声を出した。

「泣かしとけ。ママ、泣くんなら座って泣けば？」

今では正弘も夫も私をママと呼ぶ。彼らは最愛の父を亡くしたばかりの私に気を遣ってくれていた。もう泣くまいと思っても、優しくされるともっと涙腺（るいせん）が弛（ゆる）んだ。

長髪にピアスの白人と、デパートでよく見かけるタイプのおばさんである私はボートに乗ると余計に目立った。チケット売り場の係員からも、すれ違う他のボートのカップルからも不可解そうな視線が向けられたが、マーティルは特に気にする様子もなく、子供のようにはしゃいでどんどんボートを漕いでいった。

「あんまり遠くまで行くと帰りが大変よ」

心配になってそう声をかけると、彼はやっとオールを止めた。そばかすの浮いたピンク色の額にうっすらと汗が光り、耳にかけた髪が金色に透けていた。彼は日本人の父親を持つハーフだが、子供の頃もそうだったように東洋人の面影はどこにも見られない。

「こういう日って花曇りって言うんだろ？」

笑ったまま彼は脈絡のないことを言った。

「よく知ってるのね」

「僕の特技は日本語だから。漢字もだいたい読めるよ」

「お父さんは日本人だものね。ご健在なの？」

「ゴケンザイかどうか知らない。十二歳の時に別れたきりだから」

にこにこしながらマーティルは答える。

「ごめんなさい」

「どうして謝るの？　日本人はすぐ謝るね。でも僕はそういうのって嫌いじゃないよ。マリのママはゴケンザイ？　マリは結婚してるの？　子供はいるの？」

長い手脚を折り畳むようにして、マーティルが正面に座っている。ボートに乗る前とは打って変わって彼は目をそらさずじっと私の顔を覗き込んできた。高い石垣に囲まれた都会の水たまりに浮かぶボートの上では逃げ場がなくて、狭いエレベーターに閉じ込められたようだった。そのせいなのか、マーティルは諦めたようなすっきりした表情を見せていた。

「母は元気みたい。一緒に暮らしてないから分からないけど。私は十年前に結婚して、娘が一人いるの」

「いいね。幸せそうだね。娘さんはマリに似てる？」

「どうかしら。似てるところもあるみたいだけど。マーティルの方は？」

「僕はずっと一人。大学出てから世界中旅してた。日本語ができると、どこに行っても仕事があってね。いくらでも小銭が稼げた。パパに感謝してる」

「いいわね。自由で楽しそう」

「楽しんだよ」

不必要なほど彼はにっこりと笑う。過去形で言ったのはわざとなのか間違えたのか少し気になった。その時ぽちゃんと水音をたてて、水面に斑模様の鯉が姿を見せた。客からエサをもらったことがあるらしく、こちらに向かって何度もぽかっぽかっと口を開けてくる。その様子が可笑しくて私達は声をあわせて笑った。

「マリが変わってなくてよかった」

ひとしきり笑うとマーティルがそんなことを言った。

「何言ってるの。こんなおばさんをつかまえて」

びっくりして私は声を荒らげてしまった。

「変わってないよ。昔のままだ」

「お世辞を言われても嬉しくないわ」

外見だけではなく、幼い頃の伸びやかだった心を捨ててしまったことを一番分かっているのは私自身だった。そんなことは一目で分かるだろうに、この男は厭みを言っているのだろうか。私は腹がたって横を向いた。頬に視線を感じる。

「マリはマシュマロみたいにころころしてて、可愛くて優しかった。今も全然変わらないじゃない」

「それはどうもご丁寧に」

「本当だよ。どうしたら信じてくれるの？」

大真面目に言われて私は言葉を失った。幼なじみのジョンとして目の前に現れた白人が、その本人であるという確信が急に揺らいだ気がした。この男はマーティルの名を騙った偽者で、金をせびろうとでもしているのかもという疑いが芽生えた。私は急に恐くなってきた。

「変わってないのはマーティルの方よ」

疑っているのを悟られないように、私は無理に微笑んでそう返事をした。彼はただ笑って小さく首を振る。

「寒くなってきたね。お茶でも飲みに行こうか」

私は内心緊張して頷いた。彼は大きく腕を動かして岸へとボートを漕いでいく。お茶は断って帰ろうか、それともなるべく逆らわない方がいいだろうか。迷っている自分にふと気がついて、私は下を向いてこっそり笑った。もう何もかもどうでもいいはずだったのに、生きていれば人は無意識に保身を考えるものなんだなと思った。

ボートを下りる時、マーティルは先に下りて手を差しのべてくれた。私はおそるおそる彼の大きくて乾いた掌に自分のぽってりした指を載せてみた。

引っ張られるようにして手をぎゅっと握られた時、私はその日初めて激しい羞恥を感じた。

おばさんになってしまった自分が恥ずかしかった。

最近だんだんと目が覚めるのが早くなってきた。これも歳をとってきた証拠だろうか。

私は今日も早朝に目が覚めてしまって、真新しい仏壇の前に座っていた。家族は皆まだ二階でぐっすりと眠っている。カーテンの向こうから雀のさえずりと薄明るい夜明けの気配が入り込んできていた。

線香を上げて位牌に手を合わせ、父の遺影を見上げる。四月になったばかりの早朝は暖房を点けずにいるとかなり寒かったが、こうしてまだ生活の匂いに溢れる前の清潔な空気の中で父の写真と向き合っていると不思議に気持ちが安らいだ。父が死んだ時は闇雲に悲しいだけで、まさか数カ月後、こんなに穏やかな時間が持てるとは思わなかった。私はマーティルのことを父に報告した。写真の父はただうっすら微笑んでいる。

「もう一度マーティルが会いたいって言うんだけど、お父さんはどう思う?」

答えが返ってこなくても悲しくはならなかった。父ならこう言うだろうと私には手に取るように分かるからだ。

あの日ボートを下りた後、私とマーティルはお濠沿いに立つ小さな古いホテルでお茶を飲んだ。糊の利いた桜色のクロスに花びら模様の白い紙ナプキン。隅から隅まで清潔なそのティールームのテーブルの前では、マーティルは埃だらけのラクダのようだった。

彼は浅草の方にある外国人専用の安宿に泊まっていると言った。小銭ならいくらでも稼げたという台詞を思い出す。つまり小銭以上のものは稼げなかったということだろう。

「お父さんとは正反対だね」

私は小声でそう言った。マーティルは家族や安定した収入を持つことはなかったようだが、その代わりにいつでもどこへでも自由に行くことができた。父は生涯同じ会社に勤め続け、一度も日本の外に出たことがなかった。ゴルフや温泉すら仕事絡みでしか行ったことがなかった。

でもそれは誰に強制されたわけでもなく、父の選んだ人生だった。

父が体調を崩しはじめたのは母がいなくなってからなので、平気なふりをしていても本当は母の失踪(しっそう)にショックを受けていたのかもしれない。けれど父は捜索願いも出さず、かといって失踪宣告を申請して戸籍から抹消するようなこともしなかった。優しい人だったが反面すごく頑固なところがあったので、置き手紙さえ残さず姿を消した自分の妻のことを、とうとう死ぬまで一度も口にしなかった。

血圧が安定せず、糖尿の気があったのに、父は決して仕事を休まなかった。残業や休日出勤は当たり前で、ひどい時は会社で倒れて病院に担ぎ込まれ、その入院先から会社に通ったこともあった。そこまでしなくてもと思っても、私には何も言えなかった。同じ業界に勤めていたことのある私は、バブルの崩壊後、父が会社の存続に命を賭(か)けていることが分かったからだ。

二年ほど前だったろうか、たった一度だけ父は私に弱音を吐いたことがあった。死ぬんなら現役のうちに死にたいな、と父が呟いたのだ。私が昔勤めていた頃の上司の葬式の席だった。その人はもう退職していたので、業界から贈られた花も参列者も少なく寂しい葬式だった。

そういう意味で父は自分の望みを叶えたと言えるだろう。倒れたのは長時間に及んだ会議の席だったそうだし、その時父は役員の肩書を持っていたので、葬式は驚くほど盛大だった。都心の有名な寺に、見上げるほどの大きな祭壇と父の遺影が飾られた。聞き覚えのある政治家の名前が書かれた巨大な花が飾られ、義理で来た人も多かったとはいえ、参列者の数は用意した芳名帳が足りなくなるほどだった。

「会社がつぶれる前でよかったね」

つい最近、父の勤めていた会社が倒産した。それは新聞の一面を飾るトップニュースとなった。父が自分の人生をまるごと注ぎ込んだ会社のあっけない倒産を夫は悔しがっていたが、私は父がその渦中にいなくて済んだことに安堵していた。もし父が生きていたら、その悲嘆にくれる姿を目の当たりにしなければならなかっただろう。それよりも私が悔しかったのは週刊誌の記事だった。倒産寸前に過労死した男という小さな特集記事は、匿名になっていたが明らかに父のことだった。会社人間の悲しい最期というような内容だったが、もし父が全エネルギーを注ぎ込んだものが芸術か何かだったらこんな書き方はされなかっただろうと思う。人が何に命を賭けようが、それがどんなに報われなく馬鹿馬鹿しいことであろうが、誰にも非難する権利はない。不幸だったと勝手に決めつけられたのが私には涙が出るほど悔しかった。

けれどその感情も今はすっかり鎮静し、同じようなニュースを見たり聞いたりしても動揺したりはしなくなった。

身内を失ったことは初めてではない。子供の頃、大好きだったおばあちゃん（当時私はその人をお母さんと呼んでいた）が死んだ時のことはちゃんと覚えているし、私はその後マーティルと別れ、彼にもらった犬を亡くし、実の父親と母親はいつの間にか私の前からいなくなってしまった。でもこんな感覚は初めてだった。

最初赤の他人だった父と私は月日と共にゆっくりと歩みよって、最後にはきっと心のどこかが本当に重なりあっていたのだろうと思う。胸に穴が空くとはよく聞く台詞だけれど、何というか自分の一部を父に持っていかれてしまったような感じがするのだ。

自分の心と体の一部が死んでしまったような、一歩死に踏み込んでしまった感覚があった。それは悲しみや怒りより、諦め（あきら）の感情に近い。だから泣いても心がしんと静かなのだろう。

私もいずれ死ぬ。そのあまりにも当たり前な事実を、父の死で私はやっと受け入れられるようになった。こうして少しずつ人は死に向かう準備をして、やがて死ぬことが恐くなくなっていくのかもしれない。

私は膝の上でそっと両手を握ってみる。そうするとマーティルの掌の感触が鮮烈に思い出され、穏やかに凪いだ水面に鯉が跳ねた時のように、気持ちにさざ波が立つのが分かった。

姫乃が言ったとおり、あれは浮気だったなと私は思った。

ただ手を触れただけで三十年も前の感情が鮮やかに蘇った。

だからマーティルの「もう二度と会えないのは悲しいから、桜が散る前にもう一度会おう」なんて胡散臭い台詞に頷いてしまったのかもしれない。

ボート代は彼が出してくれたので、私がお茶代を払った。彼は悪びれずに「ありがとう」と言った。そして、マリが住んでる街が見たいとマーティルは言いだした。一瞬どうしようかと思ったけれど、これが最後だと思って私は彼が帰国する前日に地元の駅で待ち合わせをすることにしたのだ。

父が生きていたらきっとこう言うだろう。優しくしてあげなさい。でも警戒心を忘れないように。誰にでも失礼のないように。でも誰も本当には信用してはいけないよと。

そろそろ夫を起こす時間になって私は立ち上がった。一分でも二分でも多く睡眠時間を取りたい夫を目覚ましが鳴る前に起こさないよう、私は足音を忍ばせて階段を上がって行った。

すると階段を上がった所にある正弘の部屋のドアが、半分開いていることに気がついた。

遅くまで姫乃と一緒にゲームをしていたらしく、コントローラーやら袋菓子やらが散乱しているのが見えた。いくら春休みでも姫乃はまだ小学生なのだからあまり夜更かしさせてはいけない。一度正弘に注意しなければと思いながら、そっと部屋の中を覗き込む。彼のベッドで二人はぐっすり眠っていた。

二人とも寝相が悪く布団がすっかりベッドの下に落ちている。まるまって眠る正弘の横で姫乃が大の字になって寝息をたてていた。その様子が可笑しくて私は声を出さずに笑った。

布団を掛けてやろうとして一歩部屋に足を踏み入れた時だった。何か寝言のようなことを言って正弘は体の向きを変えた。そして傍らの姫乃を腕の中に抱き込み、彼の唇が何かを捜すようにさまよった。あっ、と思っている間に正弘の口は姫乃の小さな唇を捜し当て、ついばむように口づけた。姫乃も無意識にそれに応え、正弘の体にしがみつく。

呆然としている私の前で、彼らは寝ぼけたままお互いの唇を何度も求めあっていた。

突然背中で夫の目覚まし時計が鳴り響く。びくりと震える私の前で、弟と娘は目を覚ます様子もなく抱き合ったまま再び夢の中へ落ちていった。


小雨の午後、マーティルは時間通り郊外の駅にやって来た。傘を持っておらず、この前と同じ革ジャンを着て、束ねた髪に水滴が光っていた。背中に大きなバックパックを背負っていたので、コインロッカーに預ければ？　と言うと「小銭がないから」と彼は首を振った。

節約しているのだとは思ったが、擦り切れていかにも重そうな荷物をずっと背負われていたらこちらが落ちつかない。小銭を財布から出して渡すと、彼は一瞬傷ついたような顔をした。けれどすぐににっこり笑って礼を言った。荷物をロッカーに入れてしまうと、彼は急に明るい顔になった。

「日本は本当に桜だらけだね。電車の中からも沢山見えた」

「うちの近所にも桜がきれいな公園があるの。そこへ行きましょう」

彼は私の手から傘を奪い、当然のような顔でこちらへさしかけてきた。近所の人に見られるかもという思いが過ったが、見られるのが本当に嫌なら最初から家の近所になど呼ばなかった。私は長年住んだ自分の街をマーティルに見せたかったし、その街にも私の青い目の幼なじみを見せつけて自慢したい気持ちがあったのかもしれない。

ひとつの傘に入って私達はゆっくりと丘の公園へと続く坂道を歩いた。遊歩道沿いにはもう桜並木がはじまっていて、ちょうど満開だった。雨に濡れたアスファルトに散った花びらがはりついている。

マーティルはこの前よりもさらに饒舌で、昨日まで同じ宿に泊まっていたオーストラリア人の青年の話をしていた。その子は日本人の少女と恋に落ちて、結婚することを決意したそうだ。でも女の子の親が反対していて、どうしたら彼女をオーストラリアに連れて帰れるか相談されたのだと彼は笑った。特に面白い話ではなかったので生返事をしていると、そのうちマーティルは話をやめた。

「雨で残念だったね」

私の機嫌を取り結ぶような口調で彼は言った。

「そうね。でも雨の日もきれいよ。あそこに座りましょうか」

私は丘の中腹に立つ藤棚の下を指さした。そこなら雨は当たらないしベンチもある。晴れていたら近所の人が通るかもしれないが、冬が戻ったような冷たいこの雨では人の姿はまったくなかった。残念どころか私には幸運の雨だった。

私が先に腰を下ろすとマーティルも傘を畳んで隣に座った。その距離が腕が触れ合うほど近かったので、私は反射的にお尻をずらして彼から離れた。気まずさを隠したくて私は急いで手提げをさぐった。入れてきた魔法瓶を取り出し、カップになっている蓋をマーティルに渡した。

「ピクニックだね。嬉しいなあ」

彼は無邪気に声を上げる。私は戸惑い気味に笑って家で淹れてきたコーヒーを注いだ。

「明日帰るの？　飛行機は何時なの？」

「夜だよ」

自分用に持ってきた紙コップにもコーヒーを注ぐ。雨で冷えた指先があたたまって少しほっとした。

「もう一度会いたかったのは、見せたいものがあったからなんだ」

言い訳をするようにマーティルが言った。

「この前は宿に忘れてきちゃって。話だけじゃなくて本物を見せたかったんだ」

彼はそう言って、ジャンパーのポケットから何か小さい物を出して差し出した。掌に載せられたそれを私は見た。

「覚えてる？」

突然記憶の扉が音をたてて開き、私は驚き返事もできなかった。それはキーホルダーに付いた小さな手鞠だった。絹糸があちこちほつれ、すっかり汚れていたけれど確かに私が昔マーティルにあげたものだった。

「どこを旅する時も鞄に付けてたんだ。鈴は取れちゃったけど。よくなくさないでここまできたよ」

「……すごい」

「すごいさ。マリには分かる？　僕は君のこと忘れたことなかったんだよ。マリが住んでたあのアパートの場所が思い出せなくて、日本に来る度必死に捜したんだ」

咎めるように言われて、私はついむきになって言い返した。

「私だって捜したわ」

「本当に？」

「大学生の時、一カ月だけどロスに語学留学させてもらったの。でもジョンっていう名前しか分からなかったから、どうしようもなかった」

アメリカに行くまでに、何とか日本に住んでいるはずのマーティルの父親と連絡が取れないものかと私はあちこち捜してみた。母親にも頼んでみたのだが、もう親戚や近所に住んでいた人達とは縁を切ってしまったとそっけなくされた。それを聞いて彼は大きな声で笑いだした。

「そりゃそうだ。日本に住んだことのあるジョンだけじゃ、ロス中捜しても無理だよな」

「でも会えたわね」

「うん。会えたね」

この人は偽者ではない。本物のマーティルなのだとやっと確信が持てた。いつの間にか私は彼に手を握られていることに気がついた。駄目だと言おうとして、でもその言葉が喉にひっかかりどうしても吐き出せなかった。弟と娘がベッドの中で抱き合い、互いに慈しむように口づけあうのを見ても止めることができなかった朝のように、動けなかった。

「日本人の女の子ともよく寝たよ」

色の薄いビー玉のような両目が私を凝視している。表情も変えずに彼は言った。

「どこに行っても日本人の女の子っているんだよ。仲良くなるとだいたい寝てくれた。それでイイヅカテマリって子を日本で捜してくれって頼むと必ず嫌われた」

「当たり前よ」

私はそこで噴き出した。

「それに私は飯塚じゃないわ。あれからもう三回も名字が変わって、今は渡辺っていう平凡な名前なの」

「でもマリはマリだ」

囁くように言われて、私は何だか本当に可笑しくなってきた。これではまるで娘がよくテレビで見ている恋愛ドラマみたいじゃないか。

「やっとめぐり会えたんだ。運命だよ。僕と結婚してくれないか」

　だからマーティルがそんなことを言いだした時は、つい大きな声でけたけた笑ってしまった。でも一緒に笑ってくれると思っていた彼が、私の横で黙ったまま首を垂れていることに気がついた。

「マーティル？　怒ったの？」

「どうしてマリは、もう人生が終わったような顔をしてるの？」

　ぼそりと問い返されて私は言葉に窮する。

「マリはまだ三十七だよ。僕より五つも若いのにどうしてそんなに達観してるの？　恋をする人間が君には愚かに見えるの？」

　返す言葉がなくて、私も下を向いた。恋という言葉からはいつも母を連想する。確かに恋愛など母のような人がするものだと私は思っていた。恋愛のためなら何を犠牲にしても、誰を傷つけてもいいと思っている種類の人がいる。そういう人達が私は嫌いだった。

　自分の紺色のレインシューズの隣にある、マーティルの汚れたスニーカーを見つめていると、ゆっくりとその足が動いて彼は立ち上がった。見上げると彼は「歩こうか」と言った。細められた目元には、諦めの混ざった柔らかさがあった。

　その後私達は丘の上まで上がり、眼下に広がる街並みと雨にけむる桜を眺めた。雨足が強くなってきて、林の中を縫うように下る遊歩道に雨水が流れていくのが見えた。

「日本は景色がきれいだ」

呟(つぶや)くように彼は言った。

「そうかしら」

「地方に行くともっと美しいね。僕の夢は年をとったら日本の田舎で暮らすことなんだ」

あなたにとって日本は外国だからそう感じるのだと言いたかったが私は黙っていた。もう二度と会うつもりのない人に反論をしても仕方がない。私達はどちらからともなく公園の坂道を下りはじめた。マーティルは微笑みを絶やさなかったが、もう先程のような無駄話を口にしようとしなかった。

「今日はどこに泊まるの?」

駅のコインロッカーから荷物を取り出す彼の背中に私は尋ねた。彼はロッカーの前でかがんだまま「決まってない」と答えた。そして意を決したような顔で立ち上がり、私を真正面から見た。

「申し訳ないけど、マリ。少しお金を貸してくれないかな」

その時私は落胆するどころか、ものすごくほっとしてしまった。結婚してほしいと言われるよりお金を貸してくれと言われた方が百倍楽だった。

「もちろんいいわよ。三万ぐらいで足りるかしら」

お財布の中に確かそのくらいは入っていた。まるでこちらが金の無心をしたように私はどぎまぎとお札を取り出した。

「ありがとう。本当に助かるよ。帰ったらすぐ郵便で返すから」

「いいのよ。いつでも」

弱々しく笑ってマーティルは切符の販売機の前に立った。私が渡したばかりの札を券売機に入れようとする姿を見たとたん、訳のわからない衝動がこみあげてきて、私は自覚のないまま彼に向かって手を伸ばしていた。私に手を握られてマーティルは目を見開いた。

「あと一泊だけなんでしょう？　よかったらうちに泊まっていかない？」

どうしてそんなことを言っているのか自分でも分からなかった。ただこのまま別れたくなかった。このまま別れてしまったら一生後悔してしまいそうな気がした。

「でも、マリ……」

マーティルが困惑顔で口ごもった時、私は誰かにぴしゃりと背中を叩かれ、飛び上がるほどびっくりした。

「ママ！　浮気の現場、見ちゃった！」

驚きのあまり口もきけないでいる私とマーティルの前で、娘が黒くて大きい目玉をくりんとさせ、満面の笑みで私達を見上げていた。

人見知りをしない上、好奇心旺盛(おうせい)な姫乃は彼が一晩泊まっていくと聞くと歓声を上げた。最初戸惑っていたマーティルも、子供は嫌いではないらしく、すぐに打ち解けて娘と冗談を言い合っていた。

夫には会社に電話をかけて承諾を取った。今日もマーティルに会うことを話してあったので、事情を話すと一晩ぐらい構わないよと言ってくれた。

その夜はマーティルが好物だったことを思い出してうな重を取った。夫が仕事を早めに切り上げて帰って来たので、私達家族は全員でマーティルと食卓を囲むことになった。

夫はおとなしい人だが、ずっと営業畑にいるだけあって社交術には長(た)けている。突然家に闖入(ちんにゅう)してきた砂漠のラクダのような男をちゃんと客人として扱い、穏やかに接してくれた。正弘も最初は怪訝(けげん)な顔をしていたが、いざとなったら如才ない。マーティルが旅したいろいろな国の話に熱心に耳を傾けていた。

けれどやはり私達は姫乃の無邪気さに助けられたと言えるだろう。娘は初めて外国人と仲良くなったのが相当嬉(うれ)しかったらしく、いつにもましてテンションが高かった。いくら私が注意しても遠慮なくどんどんマーティルに質問をぶつけた。

「ねえねえ、マーティルは結婚しないの？」

テーブルに乗り出すようにして娘が尋ねる。私はこっそりと目で娘の不躾な態度を謝った。彼は気にしてないよとばかりににっこり微笑む。

「好きな女の子とだったらそりゃ結婚したいさ。でもできないんだ」

「どうして？」

「僕はヒメのママが子供の頃からずっと好きだったんだ。忘れられなくて日本に来たら、もう結婚してて子供が二人もいた」

あまり酒に強くない夫はビール一本で顔を赤くし、彼の答えに声をたてて笑った。既にビールの大瓶を二本空けたマーティルが、きょとんとしている姫乃の頬をすっと指でさすって言った。

「君はママの子供の頃にそっくりだ。マシュマロみたいに真っ白で可愛くて」

「ふーん」

解せない様子だったが、姫乃は可愛いと言われるのが好きなので悪い気はしていないようだ。

「ねえ、ヒメ英語喋れるんだよ」

姫乃は最近、子供向けの英会話教室に通いはじめたので、そこで習った簡単な挨拶を大きな声で言った。マーティルはワンダフル！と大袈裟に娘を褒めたたえ、二人は簡単な英語の会話をした。姫乃は大喜びだった。夫も正弘も楽しそうに笑っている。幸福だった。こんな簡単なことだったのに私はどうして気がつかなかったのだろうと思った。マーティルとはこれで二度と会えないなどと何で思い込んでいたのだろう。これからも彼が日本に来る度に、こうして古い友人として家族ぐるみで付き合っていけばいいのだ。

「ほんとに明日帰っちゃうの？　ヒメが春休みの間ずっといてくれたらいいのに」

娘がマーティルの腕にからみつき、甘えるように言った。

「そうしたいけど、僕にはもうホテルに泊まるお金がないんだ」

「うちに泊まってればいいじゃない。ねえママ？」

夫が「しつこくすると嫌われるぞ」と娘を諫めてから立ち上がった。時計は夜の十時をさしている。夫は残業や接待で遅くなった日以外は、必ずこの時間に寝室に引き上げる。いつまた仕事で徹夜が続くか分からないからだ。そういうところは父とそっくりだった。マーティルに、申し訳ないけれど先に休みますと言って夫は寝室へ上がって行った。

「さあ、姫乃もそろそろ寝なさい」

「ママ、明日みんなでマーティルのこと成田空港まで見送りに行こうよ」

私の言うことを無視して娘は言った。

「駄目よ。明日は歯医者さんに行くんでしょう？」

「そんなのいいじゃない。私も成田に行ってみたい」

今時の小学生は海外旅行の経験がある子が少なくなかった。姫乃はそれがうらやましくてたまらないのだ。

「ねえお兄ちゃん、一緒に見送りに行こうよ」

「俺は明日バイトだから駄目」

皆にすげなくされて姫乃は唇を尖らせる。マーティルが慰めるように「もう少し大きくなったらロスに遊びにおいで」と言い、姫乃が「ほんとに？」と目を輝かせた。

そこで突然リビングに電話の音が鳴り響いた。こんな時間に？　と思ったとたん、嫌な予感が押し寄せてきた。出ようとする正弘を止めて私は受話器を取り上げ小声で名乗った。

「もしもし？　手毬？」と気軽な調子で相手は言った。軽い貧血のような感覚がし、私は子機を持ったままなるべく静かにリビングを出た。

「元気だった？　久しぶりね」

母は屈託なくそう言った。嫌な予感はいつも当たる。母は失踪してから二年に一度ぐらいの割で、思い出したように電話をしてくるのだ。父親も夫も決して自分では電話に出ないことを知っているので気楽にかけてくるのだろう。

「元気そうね。今度はどこから?」

「シンガポールよ」

そう答えられても返答のしようがなかった。この前は確かカトマンズだったし、その前はアムステルダムだった。何をしてどう暮らしているのか問う気にもなれない。

「今、珍しいお客さんが来てるのよ」

不思議に平静な声が出た。私は子機を持ったままリビングの隣の和室に入り襖を閉めた。仏壇の前に立って父の写真を見つめる。

「へえ、誰?」

「マーティル覚えてる? 子供の頃隣に住んでたハーフの男の子」

「ああ、あんたがずっと捜してた子ね。連絡ついたんだ」

何でもないことのように母は言う。国際電話とは思えないほど声はくっきりとして近かった。

「世界中ずっと旅してたんだって。日本にも何度も来て、私のこと捜してくれてたんだって」

自分でも語尾に力が入るのが分かった。美人の友人に自分だってボーイフレンドができたのだと自慢しているような感じがした。強がっても所詮かなわないことは分かっていても、言わずにはいられない。案の定母は鼻で笑った。

「あんたね、世界中ふらふらしてる男なんてろくなのいないわよ」

自分のことは棚に上げて他人のことは悪く言う、母の尊大な口調はいつになっても変わらない。

「それに日本へ旅行に行く外人なんかよほどの金持ちか変人よ。あんた、たかられないように気をつけなさいよ」

今度は私が笑う番だった。

「お母さんに言われたくないわ」

「それはそうだわね。何か変わったことはあった？」

「お父さんが死んだわ」

カードのジョーカーを見せるように私は言った。さすがの母も一瞬電話の向こうで黙った。

「そう」

「突然倒れて、それっきり意識が戻らなかった」

「あんたのおばあちゃんもそうだったわね」

懐かしそうに母は言った。私はもう一枚ジョーカーを持っていた。写真の父と私は見つめあう。誰にも言わないでおいたから余計にそれは鮮やかな思い出となって残っている。けれど父を失った今、もうカードを隠し続ける意味もなくなった。

「私、お父さんと寝たことあるよ」

「あら、やっぱり」

　あっさり言い返された。

「あんた達、お似合いだったもんねえ。私の代わりに結婚すればよかったのに」

別段厭味（いやみ）でもないふうに母は言った。リツコと誰かが電話の向こうで母を呼んだ。

「あ、じゃあ切るね。元気でね」

「うん」

　私は急いで電話を切った。母に先に切られるのだけはどうしても嫌だった。電話ぐらい私の方から切ってやりたい。むきになって子機のボタンを押し、息を吐いてからふと顔を上げると、閉めたはずの襖が開いていることに気がついた。そこには正弘が立っていた。

「ママ。マーティルの布団、ここに敷く？」

　屈託なく彼は笑った。けれど私の答えを聞く前に彼は背中を向けた。聞いていたのだとすぐに分かった。

　その晩私はよく眠れず、少しうとうとしただけで明け方に目を覚ました。隣の布団では夫が死んだように眠っていた。いつものように足音を忍ばせて廊下に出る。

以前は一番奥の姫乃の部屋を覗いてから階下へ下りて行くことが多かったが、先日二人のことを見てしまってから、私は姫乃や正弘の部屋を覗くことをやめた。卑怯で弱いことなのかもしれないが、知らないことにしておきたかった。ちゃんと考えるのが恐かった。

静かに階段を下りながら、私は今日娘を連れてマーティルを見送りに行こうかどうしようか迷っていた。見送りに行くのなら一人ではなく姫乃を連れて行こうと思った。その方が深刻にならずに済む。しかし、娘とマーティルの仲がこれ以上親密になるのも何だか不安だった。彼が悪い人だとは思わない。けれど父のように〝ちゃんとした人〟だとは言いかねる。

洗面所で顔を洗って、コーヒーを淹れてから私はリビングの隣にある和室の襖をそっと開けてみた。

そして私は襖に手をかけたまま、しばらく動けなかった。仏壇の前に敷いた布団に、マーティルの姿はなかった。たった今抜け出したように掛け布団がめくられ、部屋の隅に置いてあったあの大きなバックパックもなかった。呆然としていると、枕元に小さなメモが置いてあることに気がついた。私は急いでそれを手にとった。

マリがケッコンしてくれないなら、オヒメサマをつれていく。

左手で書いたようなぎくしゃくした字が大きく書かれていた。その下にやや小さい文字でトーキョー、ギンのスズ、AM11:00とあった。

何が起こったのか咄嗟には分からなかった。私は混乱しながらも、無意識のうちに階段を駆け上がっていた。二階の廊下の一番奥。以前は物置に使っていた小部屋の扉を私は勢いよく開いた。苺模様のカーテンの前に置かれたベッドには誰も寝ていなかった。

「ママ？」

呼びかけられて私は振り向く。スウェット姿で髪をぼさぼさにした正弘が不思議そうな顔でこちらを見ていた。

「姫乃はどこ？」

「え？　さあ？」

「あなたの部屋で寝てるんじゃないの？」

私は彼の襟元をつかんで揺すった。正弘の表情が何もかも察したかのように歪むのが見えた。

とにかく夫と警察に知らせると言う私を意外なことに正弘が止めた。事を大きくしたらかえって危ないと妙に冷静に彼は言った。そしてこう付け加えた。

「あいつ、目がとんでたもん」

夫がいつものように慌ただしく会社に出掛けてしまった後で、私と正弘は私鉄と東海道線を乗り継いで東京駅に向かった。電車の中でも私は震えが止まらず、正弘の手をぎゅっと握りしめていた。その彼の手も冷たい汗でねっとりと湿っていた。

人懐っこい姫乃には、どんなに親切そうでも絶対知らない人について行ってはいけないと口をすっぱくして注意してきた。けれどマーティルは自分の母親の幼なじみとして現れ、しかも家族で歓迎して泊まらせた男だ。警戒しろという方が無理だった。

メモに書かれた時間より一時間も早く私達は東京駅に着いた。銀の鈴に来たのは初めてだったが、その有名な待ち合わせ場所は美しい響きとは反対にうらぶれていた。狭いベンチには荷物を抱えた不精髭の男や、くたびれたスーツ姿の男がどこか焦点の合わない目で煙草をふかしていた。その前を、まるでホームレスの集団から視線をそらすように、元気な会社員達が早足で通りすぎて行く。

その辺を捜して来る、と言う私の袖を正弘が引っ張った。彼が顎でさす方向に目をやると、脇の階段を革ジャンを着た外国人が下りて来るのが見えた。その背中にはバックパックではなく、ぐったりと目をつぶった娘が背負われていた。

「それは俺のだから」

私が何か言う前に、正弘が大きな声を出した。ベンチに座った何人かの男が大して興味もなさそうにこちらを見る。目の前に立ったマーティルは、改めて見ると驚くほど背が高かった。何か人間でないものに見下ろされているような気がした。

「ママなら持ってっていいよ。ヒメは返せよ」

私が言葉に詰まっていると、正弘がすらすらとそう言った。私は驚かなかった。きっと彼はそう言うだろうと思っていた。だから夫に話そうとしなかったのだろう。彼は私よりも姫乃を選んだのだ。当たり前といえば当たり前だった。

ここのところ見慣れた、大袈裟（おおげさ）な笑みをマーティルは浮かべた。何も言わず姫乃を下ろして正弘に渡す。姫乃は眠っているというよりは気を失っているようだった。

「姫乃に何をしたの？」

思わず詰め寄る私の肩に、マーティルは両手を置いた。

「大丈夫、少しハシシを吸っただけだから」

「何でこんなことをするのよ」

「マリが僕に冷たくするからだよ。僕の言うことを信じてくれないからだよ」

涙まじりの声で言い、彼は覆いかぶさるように私を抱きしめた。抗（あらが）う前に、昨日の夜、母の電話を取った時のような目眩（めまい）に襲われる。

大きな声を出して振り払うこともできた。正弘もいるのだし、この男は誘拐犯だとわめけば、誰かが駅員か警官を連れて来るだろう。なのに私は指一本動かすことができなかった。マーティルが耳元で「一緒に暮らそう」と言った。頭の芯が痺れてうまくものが考えられなかった。

ただ、今ここで別れたら本当にもう一生彼に会えないのだと感じた。しかし頷いてしまったら二度と家には戻れない。それでは母と同じことになってしまう。

私はやがてマーティルの革ジャンに顔を埋めていた。両手が彼の背中に回された。

いつ正弘達と別れたのか、いつマーティルと行き先の分からない特急に乗ったのか覚えていなかった。

ムービー・ムーン……………………………………二〇〇七年

たとえば人々が悲しんだり怒ったり喜んだり、辛抱したり逃げ出したり、幸せを感じたり不幸だと嘆いたり、いろいろな感情にしたがって生きていることは僕にも分かる。分かるけれども、人は馬鹿だなあと呆れることの方が多い。

僕にも人並みの感情はあって、毎日のささいな出来事に喜んだり腹を立てたりはしているのだが、それは大きな湖にさざなみが立った程度ですぐに収まってしまう。けれど、僕のまわりにいる多くの人々はそうではないようだ。事務所に行けばそこの人間達はいつも同じ愚痴をこぼしているし、最近付き合いはじめた女の子は会う度に「結婚する気はないんでしょ」と僕に尋ねる。会社が嫌ならさっさと辞めればいいだけのことだし、結婚をしたいのならば他の男と付き合えばいいのだ。なのに彼らは何度も同じ事を繰り返し言う。

子供の頃から漠然と疑問に思ってはいたのだが、皆はどうしてそんなに期待をして生きているのだろうか。根拠など何もないのに、いつかはいい仕事にありついて、いい人と結婚して幸せな家庭をもって、望んだ通りの生涯を送れるものと何故思っているのだろう。そんなに都合よく物事が運ぶわけがない。だから皆は嘆いている。つまらない仕事と安い賃金と、うまくいかない恋愛や結婚について。うまくいかない方が当たり前なのに、当たり前なことに文句を言っている。しかも僕に言ってどうする、といつも思う。

「お兄ちゃんは冷たい」と言って恋人の姫乃は家を出ていった。彼女が生まれた時から彼女のことしか考えてこなかった僕に向かって。僕ほど姫乃のことを考えている男はこの世に存在しないのに。でも本人が出ていくと言うのだから仕方ない。最後に姫乃は「引き止めもしないんだね」と涙声で言った。僕は何も答えなかった。矛盾している質問には答えようがなかった。

「姫乃は元気？」

そう問われて僕は我に返った。軽トラックの運転席で姉が前を向いたまま笑っていた。

「眠いなら寝っててもいいわよ。まだ十五分くらいかかるから」

自分がした質問の答えを待たず、姉はそう言葉を重ねた。

「いや、ちょっと景色にみとれてた」

「田舎でしょう？　一番近いコンビニまで車で十分かかるのよ」

「いつ免許取ったの？」

「ずいぶん前よ。運転できないと仕事にならないから」

返事をしないで僕は窓の外に目をやった。畑の中を突っ切るアスファルトの一本道とその先に連なる紅葉した山々。ところどころに稲刈りを終えて何もなくなった田んぼと、東京にあったら御殿と呼ばれそうな大きな家が見えた。

「マーティルも正弘が来るの楽しみにしてたよ。今朝、松茸採りに行った」

「へええ」

「スーパーで売ってる輸入ものとは全然違うから。仙台の割烹に一本一万円で卸してるの。でも生えてる所まで、二時間くらい山の中歩かないとならないんだけど」

さっき在来線の駅で会ってから、姉はずっと喋り続けていた。十年ぶりに会った弟に戸惑っているのか、単純に嬉しいのかどちらなのかは知らないが、とにかく元気なことはよく分かった。

十年もたっているのだから、そりゃ多少は変わっているだろうと思っていたが、姉はまるで別人のようだった。若い時からおばさんくさい人だったのに、今の姉は実年齢の四十七よりずっと若く見えた。着古したジーンズとトレーナーで足元は泥だらけのスニーカー、頭には洗いざらしの白いタオルをバンダナのように巻いていた。昔は白くてふくふくしていた肌が、今は真っ黒に焼けて引き締まっている。農作業で太陽にさらされてきたせいか、全体的に煤けて清潔感には欠けたが、以前姉が持っていた、ぼんやりした倦怠感がすっかりなくなっていた。僕を二歳の時から育ててくれたこの人は、優しくはあったがいつも溜め息をついているような人で、こんな晴れ晴れしい顔をする人ではなかった。

車はやがて山道に入って行った。姉は慣れたハンドルさばきで蛇行した細い道を上がって行く。しばらくすると、イノシシマークの交通標識を見つけた。

「イノシシなんか出るの？」

「そうなのよ。今年はエンドウ豆を全部荒らされちゃって、猟師の人にお願いして撃ってもらったの。あ、その時くれば食べさせてあげられたのにな」

「殺したの？」

驚いて僕が聞くと姉は唇の端で笑った。

「可哀相だと思う？　でも害虫駆除って言葉があるように害獣駆除って言葉もあるのよ。私も前は分からなかったけどね」

知ったような口振りに僕は「もののけ姫」というアニメ映画を思い出した。言いたいことは分かるが、僕は素直には頷けなかった。殺されたイノシシが可哀相なわけではなく、姉の言葉にほんのり優越感のようなものを感じたからだ。都会で「虫も殺さぬ」暮らしをしている僕のような人々が、彼らには抗菌されなければ生きていけないひ弱な生物に見えるのかもしれないと思った。

駅から車で三十分強のところに姉の家はあった。途中から舗装の途絶えたもののけ姫の山道を抜けたところにあった家は、「となりのトトロ」に出てきた農家のようだった。家の前のゆるやかな斜面は畑になっていて、等間隔で何かの野菜が植わっていた。斜面の上の方には細い木の棚に緑の蔓が巻き付いているものや、ビニールハウスや納屋のようなものも見えた。

小さいながらも立派な農園という感じだ、と思っていたら、畑を迂回する道にやや立派すぎる木のゲートがあった。その下を通り過ぎる時、掲げられた看板に「SHOJIRO'S FARM」という文字とニワトリの絵がペンキで描かれているのが見えた。

SHOJIROって誰だ？　と首を傾げたところで、姉の運転する軽トラックは玄関先に着いた。家は近くで見ると全然ぼろじゃなかった。わざと古めかしい造りにして建てた新築の家だ。音を聞きつけたのか僕が車を降りると玄関の引き戸が開いた。中から出てきたのが金髪の外国人だったので、僕は奴かと思って身を硬くした。

「コリン、みんなはまだ帰ってないの？」

「まだだよ。新しいお客さん？」

「そう。私の弟なのよ。マサヒロっていうの」

と、ここまで全部英語だった。こちらに向き直って姉は（当たり前だが）日本語で言った。

「彼はコリン。夏からずっとお手伝いしてくれてるの」

にっこり笑ったそのコリンという男は僕に手を差し出した。仕事でも時折外国人と握手することはあるが、何度しても慣れない。かといって拒否するわけにもいかず、僕は笑みを作って相手の手を握り返した。よく見ると彼はまだ幼い感じが残る青年だった。二十歳そこそこくらいだろう。

「わたしはベルジアンです。マリみたいな女性をおねえさんにもってうらやましい」

日本語で彼はそう言った。ベルジアンが一瞬ベジタリアンに聞こえ、それがベルギー人だと理解するまでに少し時間がかかった。そしてその後、なんだ日本語喋れるんじゃないかと、怒る理由もないのにむっとした。

「言葉、お上手ですね」

「毎晩グミから特訓されてますから」

そこで姉とコリンは声を合わせて笑った。そこで一緒に愛想笑いするほど僕はお人好しではないので「グミって誰だよ」と無表情でいると、姉がすぐ僕の不機嫌を察知してくれた。

「正弘、疲れたでしょう。シャワーでも浴びて部屋でゆっくりして。コリンは悪いけど、グミを迎えに行ってくれない？」

僕は姉に促されるまま玄関に入った。広くどっしりした木の上がり框(がまち)に目隠しの屏風(びょうぶ)。そしてどこから持って来たのか、戦国時代の兜(かぶと)と鎧(よろい)が置いてあったのでぎょっとした。趣味の悪い温泉旅館みたいな玄関だ。まあ、彼女の家は「ゲストハウス」なのだから、こういうのは外国人受けするのかもしれない。

玄関脇の階段を上がって、姉は一番手前のドアを開けた。和室かと思っていた僕は予想が外れて言葉を失う。そこには両側の壁に沿って二段ベッドが二つずつ置いてあった。ベッドとベッドの間は人が並んで二人立つのがやっとなほどしか幅がなく、正面の窓の下にはそっけないただの小さな机が置いてあった。映画で見た捕虜収容所みたいだった。

「廊下のつきあたりにシャワーがあるから。悪いんだけど、正弘、私ちょっと出かけないとならなくて。日が暮れるまでには帰ってくるから適当にやっててくれる？」

こんな訳の分からない所でいきなり一人にされるのは不安だったが、子供じゃあるまいし嫌だと言うわけにもいかない。第一急に押しかけて来たのはこっちなのだ。僕が頷くのを見ると、姉は笑みを残してそそくさと階段を下りて行ってしまった。お茶も出してもらえなかったなと、ほんの少し僕は傷つく。

荷物を降ろしてふと見ると、手前の下のベッドに大きなバックパックが置いてあった。さっきのコリンという男のものだろうか。知らない人間と同じ部屋で寝るのは嫌だな、と反射的に思ったが、そんなことを姉に言うのも何となく憚られる。
もう十一月も二週目なので、天気はよくても風は冷たかった。姉は「シャワーでも浴びて」と言ったが、汗はかいていないし大して疲れてもいない。僕は薄手のコートを脱いで部屋の窓を開け、机の端に腰を下ろした。窓の外に広がる景色をぼんやり眺める。

太陽が西に傾きかけ、色づいた森をいっそう赤く染めていた。遠くの稜線と近くの丘や畑が織り成すさまざまなカーブ。一面のいわし雲の下の小さな田園風景。東の方向には木々の間から小川の流れが見えた。きれいな景色だった。あまりにも美しすぎて映画のようだ。そこまで考えて、僕は眼鏡を外して息を吐く。今日は何を見ても映画を連想してしまう。そういう時の僕は驚いているのだという自覚くらいはあった。

そうだ、僕は驚いていた。ある程度は予想してきたことではあったが、こんな場所で姉が本当に幸せに暮らしているとは思わなかった。映画のようにきれいな景色は、映画ではなくて現実なのだ。姉は近くのコンビニまで車で十分かかると言っていた。土日にかかわらずある畑仕事とゲストの世話。そういう現実の中で、あの姉が元気で生活しているのを目の当たりにして、僕は少なからずショックを受けていた。

十年前、姉は家族を捨てて、男と駆け落ちをした。焚き付けたのは僕だったので、それを恨みには思っていないが、でも気持ちのどこかで「あんな男と幸せになれるわけがない」と思っていたことは否定しない。だから家出してすぐ離婚届が自宅に送られてきて以来音信不通になっても、マーティルに逃げられたら姉の方から連絡をしてくるだろうと高をくくっていた。けれど十年たっても音信はなかった。

姉の居所が分かったのは本当に偶然だった。その時も僕はホテルの部屋で一人「映画みたいじゃん」と呟いたのを覚えている。仕事でアメリカに行った時、買い物にも夜遊びにも興味のない僕は、夜自分のパソコンでインターネットを見ていた。最終日に少し上司を観光に連れて行かなくてはならず、ツアーのページをあれこれ見ている時に「オリエンタル・ファームステイ」というタイトルのページを見つけたのだ。発信地が日本だったので何気なく開けてみると、そこには雪をかぶった山脈をバックに、畑の真ん中に立つ白人と日本人の夫婦の写真があった。満面に笑みを浮かべて並んでいたのは姉の手毬と、駆け落ちした相手のマーティルだった。

そのホームページには日本語版はなく、どうやら海外のバックパッカー達を対象にしているようだった。何しろページには富士山の写真をはじめ、外国人が「これぞオリエンタル」とうっとりするような写真で溢れていたのだ。福島県から富士山は見えないだろうし、日本の農家に芸者ガールがいるわけないだろうと、その誇大広告に大笑いした。きっと写真に写った姉のモンペ姿も「やらせ」だろう。けれどそのゲストハウスは東京からそんなに遠くない所に確かに存在するのだ。アイディアとしては悪くないと思った。ここ十年で円はじりじりと値を下げて、以前に比べて海外からの旅行者がずいぶん増えたらしい。

僕は一応アドレスを控えておいたが、その後彼らのホームページを再度開けて見るようなことはしなかったし、姫乃にも教える気はなかった。けれど今週、思いがけず休暇を取らなくてはならなくなり、半端に時間が空いた僕はふと姉の所に行ってみようかと思い立ったのだ。メールを打ったら「ぜひ泊まりに来て」とすぐに返事がきた。

美しい日本の秋の風景も七、八分も眺めていたら飽きてしまった。たまには、と思ってノートパソコンも携帯電話も家に置いてきたので、すっかり手持ちぶさたになってしまった。下に行けばテレビくらいあるかなと思い、僕は立ち上がった。

階段を下りて一階のリビングを覗くと、僕の脳裏にまたしても映画のワンシーンが過った。板張りの広い床には囲炉裏があった。そのまわりには藁で編んだ丸い座布団がきれいに配置されている。柱の向こうは広い畳の間で、妙に豪華なテーブルと革張りのソファセットが置いてあった。その向こうには対面式のキッチンカウンターが見える。

部屋のそこかしこに長火鉢やら木彫りの仏像やら招き猫やらが置かれ、壁には浮世絵のポスターが貼ってあった。和風というにはピントがずれすぎていて、マーティルが趣味にあかせて集めた物なのかなと僕は思った。

テレビは見当たらなかったので、僕は誰もいないリビングを突っ切りキッチンを覗いてみた。そこは変な趣味に侵されていない普通の空間で、何よりキッチンテーブルの脇にパソコンがあったので、それを見たとたんやっと現実に戻れた気がしてほっとした。インスタントコーヒーの瓶があったので、僕は勝手にやかんに水を入れて火にかけた。

デスクトップのパソコンの前に僕は座って、スタート画面を立ち上げた。他人の机の上にある手帳を開くことには抵抗があっても、何故か人のパソコンを覗くことには罪悪感がなかった。

適当にファイルを開けてみたりした。どこにもロックがかかっていないのだから、読まれて困るようなものではないのだろう。けれどみんな英語なので読む気はしなかった。

ふと処理の速度が速いことに気づき、よく見てみるとコンピュータの機種は最新のものだった。ウィンドウズも発売になったばかりのものにバージョンアップされていた。僕は画面を眺めたまま頰杖(ほおづえ)をついた。彼らはどうやらそう貧乏ではないようだ。だいたいどうやってこの家と農地を手に入れたのだろう。姉は財布ひとつで家出したのだし、その時マーティルはどこから見てもヒッピーそのものだった。何かひっかかる。今は農業と外国人向けのゲストハウスで生計をたてているにしても、ここに至るまでには相当金が必要だったはずだ。

そこでやかんが湯気を吹きはじめたので僕は立ち上がった。その辺にあった適当なカップにコーヒーの粉を入れる。ミルクはないだろうかと巨大な冷蔵庫を開けた時だった。キッチンの奥にあった裏口の扉がいきなり開いた。入って来た男は目を丸くしてこちらを見ている。知らない、見たこともない親父だった。首からタオルを下げ、長靴を履き、いかにも野良仕事から帰って来た、という感じに顔が紅潮していた。

「私にもコーヒーくれんかね」

突如笑顔になってその親父は言った。

「あ、はい」

「いやあ、疲れた。みんなはまだ帰ってないの?」

「はあ……はい」

「あ、私のは砂糖入れないで。ちょっと糖尿の気があるんでね。風呂沸かしといてくれた?」

「いえ……」

泥だらけの長靴を脱ぎ捨て、彼はどかどかとリビングに向かって行った。どうやら僕がどこの誰でもそんなことはどうでもいいようだった。ソファにどっかり座ったその男の前に僕はコーヒーを持って行った。

「や、ありがとうありがとう。新しいお客さん？」

「はい」

「日本の人が来るなんて珍しいねえ。あ、でも大丈夫、全然来ないわけじゃないんだよ。夏は海外の人が多いけど、冬はスキー宿と勘違いして来る人がいるし」

「あの、失礼ですけど」

「はいはい、何でしょう？　やっぱり日本語は楽だねえ」

ずいぶんと明るい男だった。恰幅はいいが白髪と肌の感じからして、もしかしたら七十を超えているかもしれない。前歯が一本抜けていて滑稽だった。

「あなたはどなたですか？」

「私？　私はここの持ち主だけど？」

「ショウジローさん？」

「いかにも」

ということは、姉とマーティルは従業員なのだろうか。そんなことホームページには書いていなかった。僕が釈然としないでいると、熱いコーヒーをぐびぐび飲み干して今度は彼が尋ねてきた。

「ところで君はなんていう名前なの？」

「あ、僕は八木です。八木正弘。手毬の弟なんです」

そこで彼がぱかっと口を開けた。

「手毬さんの弟さん？」

部屋中に響くような大声で彼は言った。

「本当に手毬さんの弟さん？」

「はい。姉がお世話になっています」

そこで僕はバンバン背中を叩かれた。すごく痛かったが目をつむって堪えた。

「いやあ、手毬さんとマーティル君には本当にお世話になってます。そうか、弟さんか。君は本当にいいお姉さんを持った」

さっきコリンにもそう言われたなと僕は思った。

「手毬さん達がいなかったら、今ごろ私は庭の柿の木かなんかに首つって死んでたよ。いやもう、お姉さんにはいくら感謝しても足りないくらいなんだ。グミちゃんも本当の孫より可愛いし。しばらくいてくれるんだろう？　何泊しても構わないからね」

身を乗り出し、そう目を輝かせて言う男を僕はじっと見つめた。こいつ誰だ、と思った。人の家に来て、その持ち主に向かって誰だ？　はないのだが。

「お、誰か帰って来た」

外で車の音がして彼は嬉しそうに立ち上がる。庭に面したガラス戸を開けると、僕が先ほど乗って来た軽トラックからコリンが降りてくるのが見えた。彼は助手席側にまわり、小さな女の子を抱えて降ろした。その子はこちらを向くと笑顔になり「じいじ」と言って駆け寄って来た。

姉の娘に違いなかった。姫乃の子供の頃にそっくりだ。もう僕は「映画のようだ」とは思わなかった。こんな胸くそ悪い映画はかつて見たことがなかった。

その夜、マーティルは戻って来なかった。

松茸の生えている場所はものすごく遠く獣道もないような所で、彼はテントと食料を持って行ったし、よく森に何泊もして帰ってこないこともあるから、と姉はさっぱり言って退けた。

その晩は必然的に僕の歓迎会で、姉が今日近所の農家に収穫の手伝いをしに行ってもらってきた野菜が並んだ。小松菜、茄子、人参、生姜、ラディッシュ、あとは名前も知らない野菜が炒められたり、煮含められたりして並んでいる。

畳の間でテーブルを囲み、正次郎だけがぐいぐい酒を飲んでいた。コリンは少しビールを飲んだだけで、あとは囲炉裏のそばでグミとトランプをして遊んでいた。姫乃は小さな頃から人見知りしない子だったが、グミは僕の顔をちらちら見るだけでなついてはこなかった。よく見ると瞳と髪の色素が薄かった。当たり前だがマーティルとの子供なのだろう。

宴会は正次郎ばかりがよく喋り、僕はわざわざ尋ねなくても姉達がここに住むようになった経緯を知った。

正次郎は数年前まで東京で公務員をしていたそうだ。定年退職と同時に住んでいた家を売り、それに退職金を合わせてこの農地を買った。妻と二人で年金暮らしをしつつ、晴耕雨読の生活を始めたのだが、妻の方は慣れない農作業と田舎暮らしに音を上げ、一年足らずで娘夫婦の住む東京に帰ってしまった。

正次郎は心の冷たい（と彼が言った）娘夫婦に厄介になるのは絶対嫌で、だが全財産を注ぎ込んで決して安くはない農地を買ってしまい、もう戻ろうにも戻る所はなかった。一人で畑を耕して生きていくのだと決心したが、彼とて都会で生まれ育った人間なので野菜など作ったこともないし、地元の人ともうまくやれない。次第に畑に出るのが苦痛になってきて、毎日朝から酒ばかり飲むようになってしまったそうだ。

最近流行りの典型的な定年帰農者だ。そういう話はニュースで聞き飽きていたので、僕は露骨に目をそらして出汁巻き卵を口に運んだ。野菜もおいしいが、卵はびっくりするほどおいしかった。

「うまいね、これ」

正次郎の話には飽きたので、僕は姉にそう言った。

「だろう？　私は日本中の料亭でうまいものを食ったと思ってたけど大間違いだった

ね。自分で汗水垂らして作ったものほどうまいものは世の中にないんだよ」

姉が答える前に正次郎が割り込んでくる。姉は慣れているのか、嫌な顔ひとつせず
「そうね」と笑った。

「畑は雑草でぼうぼうになるし、女房からも電話一本なくて、あんまり自分が情けなくていっそのこと死んじまおうかって毎日思ってたよ。そんときだよ、役場の人が、住み込みで畑仕事を手伝いたいって人がいるんだけどって聞きに来てくれたんだ。ありがたいねえ。役場の人も知らん顔してるようで、ちゃんと私なんかのことも気にかけてくれてたんだねえ」

赤い顔で口をもぐもぐさせて彼は自分に言い聞かせるように呟（つぶや）いた。相当酔っ払っているようだ。

「畑はきれいにしてくれるし、外人さん向けの、ペンションっていうのかい、そんなのまで始めてくれて、いつも誰かしらお客さんが来て、こんな楽しい老後が送れるとは思ってなかったよ。本当に手毬さんとマーティル君のおかげだ。あの時死なないで本当によかったよ」

なるほどね、と僕は頷（うなず）いた。姉とマーティルはこの男に寄生しているのだ。僕が老人になる頃には年金は破綻（はたん）すると言われているが、今なら公務員だった彼は、もしかしたら僕の給料よりいい月額を貰（もら）っているかもしれない。

「正次郎さん、飲みすぎよ。そろそろ寝たら」

僕が下を向いてあくびをしたのを見て、姉が彼の肩に手を置いた。コリンが気がついて立ちあがり、前かがみに背中をまるめた正次郎を二人で奥の部屋へと連れて行った。そしてリビングには僕とグミという名の女の子が残された。彼女はじっとこちらを見ている。

「何年生なの？」

僕が話しかけると、グミはおずおずとそばに寄って来た。そして指を一本立てる。姫乃に比べたらずいぶんとはにかみやだ。

「一年生？」

「うん。でも四年生と同じクラスなの」

自慢そうに彼女は言う。人数が少なくて、他の学年の子供と一緒に授業を受けているのだろう。

「ママのこと好き？」

「うん。パパも好き。じいじも好き。コリンも好き」

彼女の何気ない言葉に、僕はふいに胸が苦しくなった。姫乃も昔、家族全員に愛されていた時があった。父親と母親と僕の父である祖父がいて、何も苦しまずに愛されて暮らしていた。その姫乃をマーティルは誘拐さながら家から連れ出したことがあった。その気持ちが今ほんの少し分かる気がした。この家の天使をさらって、家族を不幸に突き落としてやりたいようなそんな気持ちだ。でも僕はマーティルではないし、この子も姫乃ではない。僕はそんな馬鹿なことはしない。ひがみではなく、彼らをうらやましくなんてこれっぽっちも思わない。

「グミもそろそろ寝なさい」

姉が戻ってきて言った。

「お兄ちゃんと、もう少しお話しする」

「お兄ちゃんは泊まっていってくれるから、明日ゆっくりね」

母親に優しく言われてグミは不本意そうだったが頷いた。こちらを何度も振り向きながら奥の扉を開ける。僕が手を振ってみせると、グミも嬉しそうに手を振りかえしてきた。

「可愛いね。グミなんてキャンディみたいな名前だ」

「ぐみの実のグミよ」

そう言われても、僕にはその木の実を想像すらできなかった。姉はガラス戸を開け、雨戸を閉めようとした。そして「あら」と言って僕を手招きする。姉の隣に立って空を見上げると、大きな月が天空にぽっかり浮かんでいた。

「満月よ」

「明るいんだね」

琥珀色の大きな月は、その下の畑や森をくっきりと照らしだしていた。

「お月見しましょうか」

姉はそう言うと、僕の返事も待たず冷蔵庫からビールを取ってきた。縁側に並んで腰掛け、僕たちは乾杯も言わずただ黙って缶に口をつけた。姉はエプロンのポケットを探ると煙草を取り出して火を点けた。月明かりに照らされ、おいしそうに煙を吹かす姉の横顔から僕は目をそらした。

「姫乃は元気？」

昼間にした質問を、姉はもう一度した。

「手毬ちゃんには聞く権利ないんじゃない」

つい意地悪な台詞が口をついて出てしまった。姉は苦く笑って「そうね」と呟いた。

姫乃は姉の娘で、もう十九歳になった。高校を卒業してしばらくは僕と二人で暮らしていたが、今は別の男と生活している。

「悪かったと思ってるわ。小さい姫乃を正弘に押しつけて家出して」

本当は全然悪くなんか思っていない顔で、声だけ殊勝に姉は言った。この人は変わったと僕は改めて実感した。昔は優しくて思いやりのある人だった。けれど裏を返せばそれは、いつも他人の気持ちを推し量ってびくびくしていたのだ。今の姉は表面上は優しくても、きっと自分のことしか考えていないのだろう。

「あの時、マーティルについて行けって言ったのは僕だよ。気にしないで」

「ありがとう」

「三年前かな。靖史さんは再婚したよ」

靖史というのは、姉が捨てていった夫の名前だ。彼は姉が駆け落ちしてすぐ、送られてきた離婚届に判を押して役所に出した。そのことについて、少なくとも僕は愚痴や恨み言を彼から聞いたことはなかった。

「そう。よかった」

心底ほっとした顔で姉は言う。不愉快な気持ちがまた膨らんできたが僕は我慢した。

「その時、姫乃と一緒にあの家出たんだ。もう僕も就職してたし、靖史さんがだいぶ仕送りしてくれたから助かった」

「そうなの。二人で暮らしてるの」

親しい友人が同棲を始めたと聞いた時のように、姉はさらに嬉しそうな顔をした。

僕はこれ以上姉を喜ばす気がしなくなってきた。

「でも、姫乃の奴、この前好きな男ができたって言って出て行ったんだ」

姉の顔から表情がなくなる。何か慰めのようなことを言われたら自分が抑え切れなくなりそうで、僕は飲みかけのビールを置いて立ち上がった。

「今日はもう寝るよ」

そう言い置いて、僕は逃げるように二階へ上がって行った。扉を開けたとたん、コリンのすさまじい鼾が聞こえた。なるべく彼から遠いベッドを選んで、僕は横になった。窓には古ぼけたレースのカーテンが掛かっているだけで、月の光がこうこうと部屋に差し込んでいた。それでなくても不眠症気味の僕は、知らない外国人の鼾と、清潔とはいえないベッドと、容赦のない満月の光にさらされて深夜まで寝付けなかった。


翌朝、僕はニワトリの声で目を覚ました。ニワトリって奴は本当に朝になると鳴くようで、明け方からしつこく、それも大音量で鳴いていたのでいい加減頭にきて起きだしたのだ。こんな朝早く起きたのは久しぶりだった。

「あ、ちょうどよかった」

階段を下りて行ったら、玄関で姉がグミに靴を履かせているところだった。外に行きかけた正次郎が僕を振り向き「おはようさん」と笑った。

「悪いけど正弘、鶏小屋に行ってコリンを手伝ってあげてくれないかしら？　私はグミを学校まで送ってくるから。あ、その長靴履いてね」

朝食はおろか顔も洗っていない僕に姉は言った。言葉は丁寧でも有無を言わせない響きがあって、僕はつい頷いてしまった。皆がばたばたと玄関から出て行ってしまった後、僕は仕方なく言われた通り長靴に足を入れた。それはものすごくサイズが大きくて、子供が悪戯で父親の靴を履いたみたいだった。

長靴をぼこぼこいわせて、鶏小屋と思われる掘っ建て小屋の扉を開けに行くと、そこにはおびただしい数のニワトリがいた。僕が知識として知っている養鶏場はニワトリが狭い棚に一列に詰め込まれているものだったが、ここの奴等は地面の上を我が物顔で歩き回ってはわめいていた。そのニワトリの洪水の中にコリンが立っていて「モーニン、マサヒロ」と笑った。

「あー、手伝いましょうか」

臭いしうるさいし足元のニワトリが僕の足をつついてくるしで、本当は嫌だったが僕はコリンにそう言った。

「ありがとう。じゃあ、卵をピックアップしてください」

小屋の一番奥には藁が敷いてある棚があって、ニワトリはその中で卵を産んでいるようだった。見様見真似で座っているニワトリの尻のあたりに手をのばすと、産み立てほやほやの卵があった。それは薄茶色で本当に温かく、そして湿っていた。茹で卵の温かさとは明らかに違っていて背筋がぞっとした。

その後、僕はコリンを手伝ってニワトリに餌をやり、採った卵を家に運んで、ひとつひとつ丁寧に紙やすりで汚れを落とし、厚紙でできたパックに詰めた。それだけで僕はへとへとになってしまった。コリンは日本語で喋（しゃべ）るのが面倒なのか、元々無口な性格なのか、指示をするのも身振りだけでほとんど口をきかなかった。あれこれ詮索（せんさく）されるより百倍いいし、僕は仕事先でも黙々と働く人間の方が好きだった。だから一仕事終えると、僕は全然素性を知らないこのベルギー人に少し好意を持った。

「ずっとここで働いてるの？」

卵を全部詰め終わると、僕は英語で彼に尋ねた。コリンはちらりとこちらを見る。彼も「何だ、喋れるんじゃないか」と思ってむっとしたのかもしれない。

「夏に来て帰りそびれたんだ」

英語で彼は答えた。

「夏には沢山客がいたの？」

「うん。あのベッドに入りきれないほどだった」

「収容所だね」

「そうだね、ひいおばあさんの気持ちが分かったよ」

ということは、彼はユダヤ系なのだろうか。僕は下手な冗談を言ってしまったことを後悔した。

「でも、明日（あした）には国へ帰るんだ」

「え？　本当に？」

「だからマーティルはキノコだの何だの採りに行ってくれたんだ。そんなのいいのにさ」

そう言って彼は縁側から立ち上がった。卵を注意深くダンボール箱に詰めると、庭先に置いてあった原付のバイクの荷台にくくりつけた。

「僕は町まで配達に行ってくるから、マサヒロはショウジローを手伝ってあげて」

埃をたてて彼のバイクが行ってしまうと、僕は溜め息をついた。抜けるような青空の下、見下ろす斜面の遥か遠く、緑の畑にかがみ込んで何やら作業をしている正次郎の背中が見える。彼を手伝うにはまずあそこまで行かなければならないのかと思うと、それだけでうんざりした。

僕は別に農家の手伝いに来たわけじゃない。こんなことならもう帰ってしまおうかとふと思った。それにしても腹が減ったし、誰もいないなら台所でも漁ってみるかと立ち上がった。

僕はキッチンのテーブルの上に、大量の握り飯がラップをかけて置いてあるのを見つけた。朝の残りなのか、皆の昼食なのか。鍋のふたを開けてみると、具がたくさん入った味噌汁もあった。食べても構わないだろうと判断して、僕は味噌汁を温めなおし椀によそった。いただきます、と呟いて、握り飯にかぶりついたその時だった。昨日と同じように裏口の扉が開いた。入って来た男と目が合う。

「マサヒロ。久しぶりだね」

満面の笑みで、まるで先月会ったかのような口振りでマーティルが言った。

それから僕は次から次へと彼らにこき使われた。麦藁帽子と泥だらけの軍手を渡され、見たこともないような太い大根を地中から何本も引き抜き（途中で折ってしまったりすると正次郎に叱られた）、それらを運んで水で洗い、出荷用のダンボール箱に詰めた。それが終わると、一休みもさせてくれず、僕は畑の草取りに駆り出された。やけくそでがっちり根を張る雑草を引き抜いていたら、めまいがしてきて僕は土の上に尻餅をついた。

「大丈夫か？　無理するな」

振り向いたマーティルがそう笑う。無理させてるのはお前だろうと僕は内心毒づいた。

「冷たいもの持ってくるから、少し休んで。正次郎さんも」

黙々と鎌で草を刈っていた正次郎がマーティルを見上げて軽く頷いた。この人がオーナーのはずなのに、どうやら実質的には何もかもマーティルが仕切っているようだった。僕は首にまいたタオルで顔の汗をぬぐった。こんなに体を動かしたのは、中学生の時入っていたサッカー部以来だ。

「正弘君は学生なのかい」

隣で同じように汗をぬぐっている正次郎が僕に尋ねた。言われ慣れているはずなのに、かなりカチンときた。

「もう三十二です。僕」

「え？　そうは見えないねえ。へええ」

じろじろ横顔を覗き込まれて、僕は露骨にそっぽを向く。童顔なのは僕のせいではないが、いつまでたっても歳相応に見られないのは、やはり僕自身に何か問題があるのだろう。僕のまわりにも似たようなタイプが多い。三十を超えても独身で、よく学生や新入社員に間違えられる。けれど、仕事の面では接待費ばかり使っている上司達より確実に数字を出しているつもりだ。

「そんな生っちろい腕じゃ、女にもてんぞ」

励ましのつもりで言ったのだろうが、僕はもう腹を立てるのさえ面倒くさくなっていた。正次郎は三十ほど年上なのに、確かに僕の何倍も体力があって体中に筋肉がついていた。けれど女に逃げられた、という点では同じだった。

そこで僕はあることに気が付いた。何だか男は皆女に逃げられているなと。僕の母親も、姉も、自分の亭主を捨てて逃げて行った。離婚をした何組かの知人の事を思い出してみても、別れたがったのは皆女性の方からだった。

ふと顔を上げると、畑の畝の向こうから魔法瓶とアルミのカップを両手に持って、ぶらぶらとこちらに歩いて来るマーティルが目に入った。彼とは十年前に一度会っただけだが、その時とまるで印象が変わっていなかった。褐色の長い髪をバンダナ代わりの日本手ぬぐいでまとめ、耳には鈍色のピアスを光らせラフなネルシャツを着ている。もう五十を超えているはずなのに、フットワークは軽く、正次郎のような老い故の頑なさはかけらも感じられなかった。

この男は女に逃げられたことがないに違いないと僕は思った。彼はいつでも逃げる方の立場だったのだろう。

「マサヒロ、あとで釣りに行かないか」

マーティルは歌うように大きくそう言った。僕は笑顔を向けたまま小さく口の中で「やなこった」と呟いた。正次郎が不思議そうにこちらを見た。

近いと思っていた川までは、山道を歩いて三十分強かかった。彼らにしてみれば日常茶飯事かもしれないが、毎日地下鉄の駅まで五分しか歩いていない僕はもうくたくただった。

やっとたどり着いた川辺で、マーティルは休みもせず釣竿を取り出した。こちらにも伸縮性の釣竿を差し出してきたが、僕は首を振った。

「疲れた?」

彼がからかう口調で聞いてくる。答えないでいるとマーティルは気にした様子もなく、渓流の中ほどにある大きめの石にひょいと飛び移った。僕は岩の上に腰を下ろし「リバーランズスルーイット」と頭の中で呟く。そしてあたりの景色を眺めた。

頭上は一面紅葉した木の枝に覆われ、午後の日差しがアセロラドリンク色に輝いていた。川の流れは清らかで心地よい音をたて、落ち葉が流れにのって流れていく。どこかで鳥がさえずる声がする。僕は息を大きく吸った。空気の味が全然違った。吸ったとたんに、僕は一瞬トランス状態になった。気持ちがよすぎたのだ。

そこでマーティルが高く口笛を吹き、僕は我に返った。彼の手には小さな川魚があった。

「それなんて魚?」

独り言のように言うと「ヤマメだよ」と彼が答えた。

「これがあんた達の商売なんだね」

さっきの倍は大きな声で言ったのに、彼は聞こえないふりでまた釣糸を川面(かわも)に放った。

「悪いなんて言ってないよ。頭がいいって思っただけなんだ」

僕はそう付け足した。言ってしまってから厭味(いやみ)の上塗りだったなと思った。マーティルは横顔だけで笑っている。

都会で生まれ育った人間に、朝から晴天の下で野良仕事をさせ、くたくたになったところでこうして自然に触れさせれば、誰だって恍惚とするだろう。日本の山林の景色は独特だろうから欧米人ならなおさらだ。農作業が一番忙しい夏には沢山のバックパッカーがやってきて、収穫やら草取りをやらせてやる。その上宿泊費まで取るのだ。

「あんた、望みを叶えたんだね」

マーティルがゆっくりこちらを見た。何故だかその表情が妙だった。僕のような日本人の生っちろい小僧に何を言われてもびくともしないと思っていたのに、彼の目にはかすかな狼狽のようなものが感じられた。

「卵も野菜も気休めくらいの金にしかなんないよ。客だって夏場しか来ないし」

それを隠すようにマーティルは殊更明るく言った。

「でも幸せなんだろう？」

「当たり前さ。君たちからマリを取り上げてここまできたんだから」

マーティルはどうだか分からないが、姉は確かに幸せそうだ。僕はもしかして、目の前のうさんくさい外国人に感謝しなければいけないのかもしれない。

「そういえば松茸は採れたの？」

ふと思い出して僕は尋ねた。彼は肩をすくめてみせる。

「松茸は見つからなかったけど、いいキノコを採ってきたよ。今晩はパーティーだ。コリンの最後の夜だからね」

いいキノコ、と聞いて、あまりのうさんくささにもう帰ろうかと本気で思った。このまま成り行きで彼らに巻き込まれるのは御免だと思った。

けれど姉の顔を見たらやはり帰るとは言い出せず、僕は予定通りもう一晩泊まっていくことになってしまった。もう二度と来ることはないのだからと僕は自分に言い訳した。

その晩は予想以上に大勢の人が家にやって来た。正次郎のように定年帰農して村に住んでいる夫婦、麓の町に住む人たちや農協の人もいた。卵を売りに行っていたせいかコリンは町の人気者だったようで、皆彼が去ってしまうことを惜しんでいた。

それぞれの客が手土産に持ってきた野菜やら酒やらがテーブルいっぱいに並べられた。宴会が苦手な僕はすぐ二階に引っ込むつもりでいたのに、その集まりは意外なくらい居心地がよかった。リビングいっぱいに集まった人々は、僕を「東京から遊びに来た手毬さんの弟」と知ると、適度に話しかけてくれ、適度に放っておいてくれた。だからなのか、気が付くと普段はほとんど飲まない日本酒を僕はかなり飲んでいた。

夜が更けてくるにしたがって、客は一組二組と帰って行き、最後にべろべろに酔っ払った近くの別荘地に住む絵描きの夫婦を姉が車で送って行った。客達は自分が散らかしたものは大方片づけていった。マーティルは眠くてぐずるグミを寝かしつけに行き、その間に残った三人でゴミをまとめたり食器を洗ったりした。

「さて、飲み直そうか」

戻って来たマーティルがそう言うと、いつものことなのか正次郎は戸棚の奥からとっておきらしいウィスキーを取り出し、コリンは囲炉裏に火を熾して天井の電気を消した。マーティルは一人、台所でつまみを作っているようだった。

宴会の時は感じなかったが、人が帰ってしまうとずいぶん気温が下がっていることに気が付いた。僕は脱いであったセーターを着直し、囲炉裏の前に座った。左隣にはコリン、右隣には正次郎が座っている。コップに注がれたウィスキーには誰も氷を入れたり水で割ったりする様子がないので、僕も仕方なく生のままなめてみた。するとそれはものすごくいい香りで、甘くこくがあった。僕がそう言うと正次郎はその辺にあった紙に名前を書いてくれた。東京に帰ったら買って飲もうと思った。

「お待たせ」

マーティルが何か揚げ物を持ってやって来た。僕の正面に座り「ゲストから」と言って皿を僕に差し出した。暗くてよく分からないが、シイタケでないことは確かだった。

「笑い茸？」

苦笑いしながら聞くと、囲炉裏の向こうでマーティルが肩をすくめた。

「無理には勧めないよ」

迷っていると、客がいる時に比べてすっかりテンションの落ちた正次郎がウィスキーの瓶を持ち上げ「こいつと同じくらいうまいよ」と嬉しそうに言った。指でつまんで口に入れてみる。奥歯で押しつぶすとキノコのエキスが口の中に広がった。皿はコリンから正次郎に回され、そしてマーティルが食べた。あまりのおいしさにもうひとつもらおうと手を伸ばした。

「ひとつにしとけ」

あっさり断られた僕は、仕方なくグラスに残ったウィスキーを飲んだ。マーティルは煙草をとりだし、囲炉裏の火でそれを点ける。一口吸ってコリンに渡した。いくら僕が世間知らずでもそれが何かくらいは分かる。コリンがこちらを見たので僕は首を振った。どうせ今食べたキノコだって法に触れるものなんだろうと思った。

奇妙に静かだった。虫の音が遠くに聞こえ、暗闇にぼんやり炭火が浮かんでいる。正次郎はドラッグはやらず黙々と一人で酒を飲んでいた。マーティルとコリンは僕には聞き取れない低い英語でぼそぼそと話している。

その時突如、僕は訳の分からない大きな不安に襲われた。ほとんどパニックに近かった。

「手毬ちゃんが帰って来たらどうしよう」

そんなつもりはないのに、僕はいつの間にか泣いていた。

「大丈夫。マリには内緒だから」

慰めるようにマーティルが言う。囲炉裏の天井から下がった、鉄でできた黒い魚に彼の顔が半分隠されていた。その顔の輪郭がくにゃりと曲がる。憤りが込み上げてきて僕は大きな声を出した。

「もう逃げたくなったんだろう」

なにをからんでんだ俺、と僕の中の冷静なもう一人の僕が言った。でもキノコとウィスキーが効いているらしい僕の口は、マーティルに向かって重ねて言った。

「望みが叶ったら、つまらなくなったんだろう」

彼は答えなかった。斜めに差し込む月の光の中で、マーティルはただうつむいて微笑んでいるだけだった。

明け方に吐き気がして目が覚めた。うろ覚えの洗面所に慌てて向かい、僕は便器に嘔吐(おうと)した。コリンや階下の姉達に気づかれるかもと頭の隅で思っても、静かに吐くなんて芸当はできなかった。胃の中のものをあらかた吐いてしまうと急に楽になった。

僕はトイレの床にへたり天井を見上げた。

一刻も早く帰ろう、固い決心がこみあげてきて僕は部屋に戻った。ばたばたと身支度をする僕を、寝ぼけ眼のコリンが不思議そうに見ている。僕は挨拶もせず荷物を持って部屋を出た。

階段の下にはパジャマにカーディガンを羽織った姉がいた。

「どうしたの？　だいぶ吐いてたみたいだけど大丈夫？」

「帰る」

「帰るって、まだ五時前よ」

「バス停の場所教えて。歩いて行くから」

「正弘、マーティル達のことが気に障ったんなら許して」

靴を履く僕の後ろで姉はおろおろと言った。その口調に神経を逆なでされて、僕はつい口を滑らせてしまった。

「テレビくらい置いといた方がいいんじゃない？」

「え？」

「捨ててった男がその後どうなったか知ったことじゃないだろうけど、一応姫乃の父親なんだからさ」

姉は目を見張っている。やめとけ、と思っても止まらなかった。まだ昨日のキノコが残っているのかもしれない。

「この夏、昼休みに会社のビルから飛び降りて、下歩いてたサラリーマンとOL二人巻き添えにして死んだんだよ。散々ワイドショーでやってたさ」

そうだ、無遠慮なレポーターに姫乃や僕まで追いかけられた。

「賠償金のことでもめて、関係ないのに僕まで法廷で証言させられたんだ。靖史さんは前の女房に逃げられてからずっと鬱っぽかったってね。姫乃だって関係ないのに遺族に罵られて、それでも頭下げて謝ってたよ。その間にあんたは子供つくって、縁もゆかりもない親父の老後の夢を叶えてやってたんだ」

まくしたてた勢いで、僕は姉に「それでバス停は？」と尋ねた。

「……道なりに山を下りていけば、十分くらいであるわ」

消え入りそうな声で姉は言った。僕は無言で玄関の戸を開けた。言うつもりはなかった。でも彼らが言わせたのだと僕は自分に言い聞かせた。まだ夜の明けない農道を僕は黙々と下って行く。でも何だかうまく歩けず、僕は何度もつまずいて転んでしまった。

そうか、筋肉痛なんだ、とやっとたどり着いたバス停のベンチに倒れるように腰を下ろした時に気が付いた。

バスと在来線と新幹線の乗り継ぎが奇跡のようにうまくいき、僕は夕方には東京駅のホームに立っていた。

帰って来てしまうと、何だかこの二日間のことが急に現実味を失った。映画館を出た時のように頭が少し混乱していた。どこにも寄らず、僕はJRと地下鉄を乗り継いで住んでいる駅まで戻った。何か食べて帰るか弁当でも買って帰るか迷っていると、駅前のリカーショップが目に入った。チノパンのポケットに正次郎が書いてくれたメモがあるのを思い出し、僕はそれを店員に見せた。

「一応置いてありますけど」

話したことはないけれど、いつも顔を合わす店員の男が歯切れ悪く言った。

「じゃあください」

「十二万ですが、いいですか？」

「十二万？」

僕と店員は一瞬見つめあう。

「チェリー樽の古いモルトですし……どうします？」

バーで飲んだらワンショット一万円くらい取られそうだなと思った。

「カード使えますか？」

「はい。贈り物ですか？」

「いえ」

忘れたいはずのその酒を僕はボーナス払いで買い、近所の定食屋でサービス定食を食った。悪い油で炒められたしなびた野菜を僕は文句ひとつ言わずに平らげた。

自分の部屋に戻り、僕は部屋の灯かりを点ける。海外出張から戻って来た時のようにほっとした。見慣れた清潔なワンルーム。壁際に置いてある水草だけの大きな水槽。

念入りにシャワーを浴び、着慣れたシャツと綿のパンツを着た。天井の灯かりを消して僕はコンピュータを立ち上げた。会社の人間と姫乃とガールフレンドからメールが来ていた。それに返事を書いているうちに、僕は明日からまた始まる仕事のことや、切れそうで切れない姫乃との関係のことで頭がいっぱいになっていった。

一息ついて僕はテレビのスイッチを入れた。十二万で買ったウィスキーの封を開け、キッチンにグラスと氷を取りに行った。暗い部屋の中には、コンピュータとテレビの液晶画面がちらちらと青く浮かんでいる。僕はソファに深く沈み込み、とろりと甘いウィスキーを少しずつなめた。姫乃の二十歳の誕生日にはこれを買ってやろうとぼんやり考える。

テレビの中の女性アナウンサーが最後のニュースを読んだ。夕方、成田空港で大量の大麻を持った男を逮捕。ベルギー国籍のその男は土産物の仏像の中にそれを隠し持っていた様子。乾燥させたベニテングダケも見つかり入手経路の調査中。では今晩はこの辺で。おやすみなさい。

僕はリモコンでテレビのスイッチを切った。部屋の中には、水槽の酸素がコポコポと音をたてている。馬鹿な奴、と僕は呟(つぶや)いた。

また夢をゆく…………………………………二〇一七年

年賀状を出さなくなって何年たつだろう。人に頼まれた年賀状の宛名書きをしながら、ふとそう思った。

もともとあまり筆まめな方ではなかったが、父親の家に住み、まともな結婚をして子供までもうけていたあの頃は、当たり前な顔をして暮れの準備と共にせっせと葉書を書いたものだった。けれど、いったい誰に出していたのか、今となってはまったく思い出せない。

二十一世紀になくなるもの、という予想リストを昔雑誌で見た覚えがある。その何位かに年賀状が挙げられていたが、それは予想に反し、なくなるどころか今年はまた年賀葉書の売り上げが過去最高だったそうだ。しかも、パソコンが一般家庭に普及した今でも、結局はそれが一番効率がいいのか、この家に去年届いた年賀状をめくってみても半分は手書きで宛名が書いてある。

ダイニングテーブルの上で、他人に宛てられた年賀状を見るともなしにただ眺め、私は紅茶を一口すすった。そこで電話が鳴り出す。そこかしこに置いてある電話の子機が一斉に音を立て、私はきょろきょろあたりを見回したが、どうしてだかそれがひとつも見当たらなかった。そのうち呼び出し音が一回止んで、やがてまた鳴り出す。今度は電子レンジの扉の中に子機を見つけることができた。

「あ、中村(なかむら)さん？　ご苦労様です。今、大丈夫ですか？」

電話の主はこの家の主人で、私の雇い主だった。

「ええ。すぐ出なくてすみませんでした。年賀状を書いていただけです。お仕事先ですか？」

「そうです。ああ、年賀状までお願いしちゃってすみません」

「いいえ、それが私の仕事ですから。何かありましたか」

「すみません。それが、今日鮎奈(あゆな)とおじいちゃんを迎えに行く約束だったんですが、どうしても抜けられない打ち合わせが入ってしまって」

「じゃあ私が行きましょう。六時でいいんでしたよね。お夕飯はどうします？」

「えっと、食べて帰ります。すみませんけどお願いします」

すみませんを連発して彼は電話を切った。雇い主なのにこの腰の低さはなんなのだろうといつも思う。

それなら出かける前に夕飯の下ごしらえをしてしまおうと、私はテーブルの上に散らばった葉書をまとめた。今日は奥さんの方も残業だと言っていたので、食事は子供と年寄りだけだ。何か消化のいいもの、と考えながら冷蔵庫を開けてみる。巨大な冷蔵庫の野菜室を引っ張って覗き込むと、ほうれん草と半分に切ったかぼちゃの間にも、何故だか電話の子機が入っていた。

首をかしげながら私はそれを取り上げる。数年前に比べて半分ほどの大きさになったおもちゃのようなそれは、ずいぶん前から入っていたのか、ほてった掌にひんやりと冷たかった。

おじいちゃんの方を先に迎えに行ったのは、迎えの時間が遅れると拗ねるからだ。子供の方もその点では同じだが、機嫌をとるのは子供の方が簡単なので、つい何事もおじいちゃんを優先してしまう。でもまあ、残りの人生の長さを考えたら子供には少々我慢してもらうのは当然だ。

家から車で十分ほどの場所にあるシルバーセンターに着くと、六時を少し過ぎていた。車を駐車場に入れ急いで建物に向かって行くと、下駄箱が並ぶ昇降口は、ちょうど家路につこうとして下りて来たご老人達と、その迎えの家族でごったがえしていた。

シルバーセンターは昔小学校として使われていた建物で、建設当初から少子高齢化をみこんで、後に老人用の施設に切り替えられるよう建てられたそうだ。しかし、ベッドの載る大きなエレベーターやそこかしこにスロープや手すりがあっても、やはりそこは学校の風景だ。すっかり日の落ちた冬の校庭の向こう側、こうこうと灯かりが点いた昇降口にたむろして、にぎやかに今日の別れを惜しんでいる老人達は、何度見ても小学生のようだ。

「中村さん、ここ、ここ」

うちのおじいちゃんはどこかしらとおたおたしていたら、大きく声を掛けられた。首に橙色のマフラーをぐるぐる巻いたおじいちゃんが公衆電話のところで手を振っていた。私はふくふくと着膨れした老人達をかきわけて彼の所にたどり着く。

「遅くなってすみませんでした」

「いいよいいよ。家に電話しても誰も出ないから、バスで帰ろうかと思ってたとこ」

「やめてください。危ないじゃないですか」

「そんなことないよ。子供じゃないんだから帰ろうと思えば帰れるさ」

むっとした感じで言い返された。

「ごめんなさい。そうですよね」

「そうですよ。いつもいつも人の手をわずらわせなくったって大丈夫」

「はい。分かりました」

こちらが素直に間違いを認めれば、おじいちゃんはすぐ相好を崩す。

「でも、すまなかったね。今日は達矢君が来てくれるはずだったのに」

「いいんですよ。残業なんですって。もう暮れも押し迫ってるからお忙しいんですよ」

かつて校庭だった場所は半分ほどが駐車場になっている。並んだ車の向こうには、ペンキのはげたジャングルジムがあって、その下でおばあさんが三人固まってなにやらこそこそ密談していた。本当に小学校みたいだ。

杖をついてゆっくりゆっくりすり足で歩くので、おじいちゃんは十メートル進むのに気が遠くなるほど時間がかかる。かといって絶対車椅子には乗ろうとしない。苛々しないと言ったら嘘だが、ゆっくり歩いてはいけないという決まりはどこにもないし、急かすのはこちらの都合であって彼には急ぐ理由は何もない。

おじいちゃんが車の助手席に収まった時にはもう六時半を回っていた。私は急いで車を出し、そこから五分ほどの所にある保育園に向かった。

保育園といってもそこは私鉄駅前の商店街の一角にある雑居ビルの二階で、下は居酒屋、上はマージャン屋に挟まれている。シルバーセンターと違って車を停めるところがないので、無理矢理歩道に乗り上げて車を停めた。おじいちゃんを車に残してエレベーターに乗る。おじいちゃんならもし誰かが文句を言ってきても、得意技の「ボケたふり」でとぼけてくれるから安心だ。

保育園はシルバーセンターとは逆に、いつ来てもわびしい感じがする。一応クリスマスツリーや紙で作った飾りが施してあっても、所詮そこは老朽化した雑居ビルの一室である。そして何故だかいつ来ても子供の声を聞かないのが不思議だった。カウンターにいた、見覚えのない若い保育士が怯えたように私の顔を見る。また新しい人に代わったようだ。

「えっと、お迎えですか？」

「多岐川の代理の者で、中村と申します」

私がホームヘルパー協会の身分証明書を差し出すと、彼女は「えっと、えっと」と呟きながらそれをコピーにとった。ここ数年子供の虐待や誘拐事件が増えたせいで、たかが預けた子供を引き取るだけでもこうして変な手間がかかるようになった。親でもいちいち身分証明書を出さなくてはならないらしいし、もし子供が「帰りたくない」と言ったら相手が誰であろうと子供を渡さないようにと行政は指導している。山のようにいて収拾がつかなくなっている老人よりも、世間は子供のことでぴりぴりしていた。

新しい保育士は、まるで銀行の貸し金庫を出してくるように奥から鮎奈を連れてきた。首にはおじいちゃんとおそろいのマフラーを巻いている。

「あれ、パパじゃない」

彼女の何気ない一言に、保育士は戸惑って視線を泳がせた。面倒なことにならないように私は明るく言ってみせる。

「パパは残業だそうよ。さ。帰りましょう。おじいちゃんも下で待ってるから」

「鮎奈ちゃん、この人知ってる人よね？」

不安げに保育士は声をかけてきた。本人の前で失礼な、と思ったが、彼女のあまりにもびくついた顔が滑稽で怒る気になれなかった。

「うちのヘルパーさんなの。じゃあ先生、さようなら」

型通りの挨拶をしてから鮎奈はちょこちょこと歩いて行き、背伸びをしてエレベーターのボタンを押した。

「手袋もしときなさい」

流行りの軽いフェザーコートから出た彼女の手を見て私は言った。

「なくしちゃった」

「あら、どこで？」

「どこでなくしたかわかんないから、なくなっちゃったんでしょ」

四歳の子に妙に当たり前のことを言われて私は笑った。

「じゃあ、編んであげようか」

下がっていくエレベーターの個室の中で、子供が不思議そうにこちらを見上げる。

「あむって何？」

「ママが編み物してるの見たことない？」

「ない。手袋ならスーパーで売ってるよ」

「そうね。でも編んであげたいの。そのマフラーみたいに。おばさんの自己満足なの」

鮎奈は分かったのか分からなかったのか、そこでくしゃみをした。私は慌ててティッシュを出したが間に合わず、鮎奈は胸の前に垂れ下がったマフラーの端で鼻水を拭(ふ)いた。


奥さんが帰って来たのは、もうおじいちゃんも子供も寝てしまった後だった。彼女はソファに座って編み物をしていた私を見つけて眉間(みけん)に皺(しわ)をよせた。私がこんな時間まで家にいるということは、彼女の夫がまだ戻っていないということだ。

「手毬さん、ごめんなさい。ああ、また達矢の奴、約束破って」

いてもたってもいられないとばかりに、彼女はポケットから携帯電話を取り出した。家に電話があるのに、なんでわざわざ携帯から電話しようとするのか不思議に思いながらも、私は彼女を止めた。

「いいんですよ。どうせ帰っても暇なんですから」

「でも、契約は八時までなのに」

「そんなに気になさるんでしたら、いくらか残業代をつけてください。そうすればあなたも私も気楽でしょう」

彼女は肩からどさりとバッグを下ろし、疲れたように頷(うなず)いた。

「お茶淹れましょうね。おなかはすいてらっしゃる？」

「甘いもの、何かあったかしら」

「お歳暮で頂いたヨックモックがまだありますよ」

コートを脱ぎながら彼女はやっと弱々しく笑みを浮かべた。笑うと急に顔が幼くなって、彼女の娘とそっくりになる。紅茶を淹れてクッキーと一緒に持っていくと、奥さんは顔だけ洗ってすっぴんになり、リビングのソファにもたれていた。私が置いていった編みかけの手袋を手に取り、しみじみ眺めている。

「これは何になるの？」

「手袋です。鮎奈ちゃんがなくしちゃったって言ってたから」

「マフラーも手袋も、そんな手間かけないで買って済ませていいのに」

「違うんですよ。自己満足なんです。ほら私は一人だから」

そう言うと、奥さんは申し訳なさそうな顔で紅茶に手を伸ばした。自分でも悪趣味だとは思うが、最近私は「家族がいない」という台詞を便利に使っている。何故なら大抵のわがままはその一言で許されるからだ。

点けたままにしてあったテレビを、奥さんと私はしばらくそれぞれのソファの上で眺めていた。さくさくと彼女がクッキーをかじる音がする。彼女の視線はテレビに向かっていたが、その横顔は何事か思い悩んでいる表情だった。

「手毬さんがうちにきてくれて、よかった」

お世辞でないのが分かったのは、その声に愛想も媚もなかったからだ。感情が素直に表面に出るこの若いお母さんが私は嫌いではなかった。

「前にきてくれてた人は融通がきかなくて。平気で年寄りと赤ん坊を放って帰っちゃったの。ホームヘルパー協会に文句言ったら、年寄りと赤ん坊を放って働いてるあたも悪いとか言われちゃって」

今時まったく、と彼女は唇をとがらせて付け加えた。

ホームヘルパーというのは、正しくはその資格を持っている人を指すのだが、昔でいうところの家政婦を今は一般的にそう呼ぶようになった。私はその協会に登録しているただのお手伝いさんだ。何の資格も持っていない私は、かえって賃金が安くて済むせいなのか、レギュラーのこの家の手伝い以外にも、単発で送り迎えや家事の仕事が結構ある。おばさんの便利屋というところか。労働のわりには金にならないが、この仕事は食事にだけは困らないのでその点は助かっている。

「私だって、好きで自分の親と娘を放っておいてるわけじゃないのに」

特に返答を求めた台詞ではないようだったので、私はただ微笑んでおいた。

奥さんと旦那さんはまだ三十代半ばの若い夫婦で、この大きな一軒家は奥さんの父親であるおじいちゃんが建てたものだ。おばあさんは私がここにくる前に亡くなっている。聞いた話では、おじいちゃんはそのまま一人でこの家で暮らすと言ったそうだが、娘である奥さんが一緒に住んだ方が何かと便利だからと、夫と子供と共に越してきたということだ。

奥さんは大手アパレル会社の課長なのに対し、旦那さんは何だか分からないが転職を繰り返していて、今はほとんどアルバイトに近い状態らしい。だから奥さんは子供がいようと老いた父親がいようと仕事を辞めるわけにはいかず、この家に越して来る前も子供の送り迎えや家事を手伝ってもらうためにヘルパーを雇っていたそうだ。それを考えたら、確かにおじいちゃんと一緒に暮らした方がヘルパーが一人で済んで合理的だ。しかし、派遣協会へ払う月々の額は相当なものだ。おじいちゃんが病気や認知症の認定をされるか、離婚して片親になるかすればだいぶ安くなるのに、と奥さんが冗談まじりで以前愚痴をこぼしていた。

「もう鮎奈とおじいちゃんは寝てるの？」

「ええ。お二人ともちょっと風邪気味みたいでしたから、早めにベッドに行かせました」

「そう」

熱でも出されたら厄介だな、という顔を彼女はした。

「明日(あした)はどうされますか。チキンやケーキを用意しましょうか」

私が尋ねると奥さんは一瞬何のことだか分からないという顔をした。

「そうだ、イブだったっけ。忘れてたわ。どうしたんだろう、ほんのちょっと前までクリスマス忘れちゃうなんてことなかったのに」

「私は自分の誕生日だって、もう覚えちゃいませんよ」

そう言って笑い私は立ち上がる。

「あ、手毬さん。引き止めてごめんなさい」

「いいえ、いいんですよ」

「カップはそのままでいいですから、あんまり遅くならないうちに帰って」

「分かりました。じゃあ今日は失礼します」

奥さんは玄関まで私を送ってくれた。

「明日はまたお昼頃でいいんですね」

「はい、お願いします。買い物リストを書いて置いておきますから。明日は私もなるべく早く帰るようにします……あら」

私達は同時にそれに気がついた。スリッパ棚の上の花瓶の横に、何やら変なものがあったのだ。よく見てみるとそれは入れ歯だった。

「いやだ、おじいちゃんたら」

奥さんはさっとそれを拾い上げた。私は失礼しますと頭を下げて玄関を出、家のすぐ前に停めてあった自分の車に乗り込んだ。何か忘れ物をしたような感覚にとらわれたが、何だか思い出せず「ま、いいか」と呟いて私は車を出した。

私の家は、街から車で一時間ほどかかる。その距離を五十七歳の人に毎日往復させるのは大変だから、家に住み込んでくれてもいいと奥さんは言ってくれたが、私はそれを遠慮した。確かに私はもう六十近いけれど、四十代の時に野良仕事で鍛えたせいか、かえって三十代の頃より体力があるように感じている。だから今のところ通勤時間はそれほど苦になっていないし、もし住み込みになって雇い主と二十四時間離れられなかったらと思うと、その方が重圧だった。私は雇い主にはわりと恵まれてきたが、一度もその家族の一員になりたいと思ったことはない。

真っ直ぐだったハイウェイは山に入るに従って緩やかなカーブを描き、暗くなってくる。そして丘と丘の間を抜ける大きな切り通しのカーブを曲がった所で展望が開けた。見下ろす住宅地には街灯が立ち並び、まだ窓の灯かりが点いている家が何軒もあった。昼間見ると、同じ形をした平屋が等間隔で建っていてやや異様な感じもするのだが、この前引っ越して来たばかりの人は「小人の国みたい」とロマンチックなことを言っていたので可笑しかった。確かにこうして夜景を眺めるとそんなふうにも見える。奥さんが住んでいる街とは夜の灯かりの色数が違った。広告の看板が少ないせいか。ここまで帰ってくるといつもさすがにほっとする。

私の家は入居が早かったのでわりと斜面の上の方にある。家の前に車を停めて、私は玄関の鍵を開けた。

2DKの部屋は、夫と娘と三人で住んでいた時は狭く感じたのに、一人になってみるとちょっと贅沢なほど広く感じられる。実際この退職者の町では、私のような五十代の単身者が一人で庭付きの2DKを借りているのは違反で、役所から何度も出て行くように勧告されているのだ。でもまあ、彼らも強制的に荷物を差し押さえたりはしないし、近所の人達からの苦情もない。六十歳になればここに住み続ける権利もできるのだから、あと三年、のらりくらりやり過ごそうと考えていた。

ヒーターを強にして洗面所でよく手を洗い、風呂の湯を出してから私は仏壇の前に座った。娘が去年、交換留学生としてニュージーランドのハイスクールに行ってしまったので部屋にスペースができ、私はやっと小さな仏壇を買うことができたのだ。線香をあげて手をあわせ、私は遺影に微笑みかけた。たった数年しか夫婦でなかったし、籍が入っているだけで唇さえ交わしたことがなかった夫が写真の中で笑っている。

私は正次郎さんを愛していたわけではなかった。けれど農園を清算してその金で一緒に暮らそうと彼に言われたとき、そうすることが一番自然に感じられた。娘は正次郎さんになついていたし、私も彼の純朴な人柄が好きだった。恋愛ではなく、家族として暮らすのにはこの人の方がマーティルの何倍も心が和むと感じた。ガンが見つかってから入籍するなんて財産目当ても甚だしいと正次郎さんの親戚には罵られたが、何とも思わなかった。私がこの人を看取るのだと誇らしくさえあった。

　私は最後の夫となった正次郎さんを愛していたわけではなかった。そして最初の夫も、マーティルも、誰も愛してはいなかったように思う。マーティルに離婚してほしいと言われた時、自分がどこかほっとしていることに驚いたりもした。だからこうして一人きりになってしまったのかもしれないと、私は仏壇の前でぼんやり考えた。神様は私に罰を与えたつもりかもしれないが、私はここのところ毎日のように続く不思議な幸福感に浸っていた。

　何故こんなにも穏やかな気持ちなのか分からない。だが悲しい時はその理由を考えるが、幸福なのに理由を考える必要は特になかった。ちん、と鉦を鳴らして、私は風呂に入りに行った。

　翌日、車のキーをどこに置いたか分からなくなって、スペアのキーを捜すのに一時間以上かかってしまった。遅刻だわと思いながら車に乗ると、キーが差したままになっていたのでがっくりした。どうも最近もの忘れがひどくなっているようだ。おじいちゃんのことは言えない。運転と火元だけは気を付けようと私は肩をすくめた。いつもよりだいぶ遅れてバタバタと家に入って行くと、廊下にセーター姿の旦那さんが顔を見せた。

「あら、今日はお休みでしたか？」

「あ、えっと、いえ」

何だか歯切れが悪い。かすかに酒の匂いがするので、昨日も遅くまで飲んで二日酔いなのだろうか。

「お食事はなさいました？」

「いえ、僕はいいんですけど、実は鮎奈がちょっと熱があるみたいで、中村さんが来るの待ってたんです」

そうか、私が遅刻したから仕事に出掛けられなかったのか。

「遅くなってすみませんでした。お医者さんには？」

「朝一番で診てもらったんですけど、微熱だし二、三日大事にしてれば大丈夫だって。おじいちゃんはマキちゃんが送って行きました。すみませんけど、僕そろそろ仕事に行かないと……」

セーターとジーンズ姿だとまだ学生のように見える旦那さんを私は見つめた。年齢に外見がついていかないところが弟の正弘を思い出させる。いつまでも気持ちが若いのは結構だが、自分の娘が風邪で寝ていてもおかゆひとつ炊けない彼が情けなかった。それに自分の女房を「マキちゃん」はないだろう。腰が低いわりにデリカシーに欠けるこの男が私はあまり好きではなかった。

夫が一方的に妻を養う時代が終わったのはいいことだと思うが、それに伴ってどうも男の人が幼稚になっているように感じられて仕方なかった。きっと私の考え方は古いのだろう。まあ、私は単なるお手伝いなので、三十半ばの他人の夫の躾までする気はなかった。

「じゃあ、おじいちゃんの迎えは私が行きましょうか」

「あ、いいですか。すみません、助かります」

にっこり笑って言われて私も苦笑を返す。悪い人ではないのだ。けれど、せめて悪い人だったらもう少しマシだったかもと思った。

子供部屋のドアを開けると、鮎奈はベッドの上でパジャマの上にカーディガンを羽織り絵本を広げていた。こちらを見て「こんにちは」と大きな声で言った。夫とは反対に娘はよく躾けられているが、でもそれは挨拶がきちんとできる程度のことで形だけの礼儀よさだった。

「お熱あるんだって？」

小さな額に掌を当てると、そんなには熱くなかった。ついでに髪をなでてやると鮎奈は動物のように目を細めた。手を離すと、大きな目を開けてこちらをじっと見上げている。もっと触ってほしいのだなと私は思った。何か言うかと思ったら彼女はふいと目をそらした。

「ご飯食べたの？」

「パン食べた」

「今はおなかすいてる？」

黙ったまま彼女は首を振った。

「何かしてほしいことある？」

風邪をひいて、家に一人取り残された子供に残酷な質問だとは思ったが、あまり感情移入してしまうとお互いつらい思いをするのは経験上分かっているので仕方ない。

「えっとね、あゆ、編み物してるとこ見たい」

ずっと考えていた台詞なのかもしれない。それはつまり、私にそばにいてほしいという意味だ。ストレートにそう言えない彼女が不憫だった。今時の子はみんなそうなのだろうか。

私はキッチンテーブルの上にあった奥さんからのメモをポケットから取り出し、もう一度読んだ。今日することは洗濯と近所のゴミ置き場の清掃当番と、税金の振込とケーキや夕飯の材料の買い出しだ。二十一世紀になっても、家庭の雑用というのは昔とそう変わらない。

　買い物はおじいちゃんを迎えに行く時についでに済ませればいいし、税金の振込はネットからできる。清掃当番だけあとでちょっと行って、洗濯は明日でいいと判断し、私はしまってあった編み針と毛糸を出してきた。子供のベッドに腰掛けてやろうとすると「テレビ見たい」と鮎奈が言い出したのでリビングのソファに場所を移した。熱が上がるとまずいので、いやがる子供を強引に毛布でくるんだ。

　ケーブルテレビの幼児向けチャンネルを点けっぱなしにして、私は手袋を編んだ。傍らではとろんとした顔で鮎奈がクッションにもたれている。昨日寝る前にハンドクリームを塗るのを忘れたせいか、毛糸が指にひっかかった。加湿器のスイッチを入れに立って、ついでにキッチンにみかんを取りに行って戻ってくると、鮎奈が編みかけの手袋を手にとってしみじみながめていた。昨日、母親も同じ所で同じことをしていたなとなんだか可笑しくなる。

「みかん食べる？」

「いらない」

　鮎奈は私の方を見ようともせず即答した。私はソファの端に座りみかんをむいて食べた。欲しそうな顔をするかと思ったらしなかった。ご機嫌が悪いようだ。

「あゆ、お姉ちゃんになるってほんと？」

毛糸玉をいじりながら、ぼそりと彼女は言った。

「そうみたいね。ママから聞いたの？」

こっくりと彼女は頷く。そうか、産む決心をしたのかと私は思った。奥さんから妊娠を聞かされたのは二週間ほど前で、彼女はまだその時産むかどうか迷っていた。

「よかったね」

もともとあまり表情のない子だけれど、今日は特に反応がなかった。人形のように睫毛を伏せたままで、結んだ唇は不自然なほど赤かった。

その時、何の前触れもなく彼女の手が激しく動いた。持った毛糸をものすごい速さでひっぱって、ほとんど出来かけていたオレンジ色のミトンをあっという間にほどいてしまった。そして危険を察知した爬虫類のように、その白い手はぴたりと止まった。

ゆっくりとまぶたが開かれる。子供特有の青白い目は、どこか焦点が合っていない。父親が「行ってきます」も言わないまま出掛けて行ったことを思い出した。私は鮎奈の手をぎゅっと握った。

一人で留守番をさせておくのは不安だったので、夕方私は鮎奈に厚着をさせて車で連れて出た。シルバーセンターでは昨日とまったく変わらない光景が繰り返されていたが、今日はおじいちゃんが見つからなかった。

スタッフをつかまえて聞いても「あら、さっきそのあたりにいましたよ」と真剣にとりあってくれず、手当たり次第に老人達に聞いてみたが答えは同じだった。車の中に子供を残してきたのでそれが心配になってくる。一旦車に戻ると、鮎奈が不機嫌そうに唇をとがらせていた。

「もう帰ろうよお」

後部座席で足をばたばたさせて、鮎奈は文句を言った。

「うん、ごめんね。おじいちゃんが見つからなくて」

私は車のエンジンをかけて、最新型のカーナビゲーションを点けた。自分の軽自動車でなく、奥さんのセダンに乗ってきて正解だったと思った。ところが、この前奥さんに使い方を説明された時、まさかこんなスパイ映画みたいなものを本当に使うことになるとは思わずよく聞いていなかったので、使い方が分からなかった。パネルのボタンをあちこち押しても、画面はまったく動かない。仕方なく私は奥さんの携帯に電話をかけた。めずらしく彼女はすぐにつかまって、事情を説明した。奥さんは「慌てないで」と私をたしなめてから、ゆっくり説明してくれた。

彼女の言うとおり順番にパネルを押していく。シルバーセンター付近の地図が拡大されて、そこにおじいちゃんの発信機の番号を打ち込んだ。すると、嘘のように簡単に地図上に点滅するランプが現れた。

「あ、いました」

点滅ランプはゆっくりと北上していた。おじいちゃんがそんなに速く動けるわけはないのでバスか何かに乗っているのだろう。

おじいちゃんは、いくら奥さんが頼んでも絶対携帯電話を持とうとしなかった。それで数ヵ月前、奥さんはおじいちゃんがいつも身につけているお守りの中に、こっそり小さな発信機を入れたのだ。その時は猫に鈴をつけるみたいでやりすぎなんじゃないかと思ったけれど、こうして現実の生活でそれが役に立ってしまうと、私は単純に驚かざるをえなかった。

「おじいちゃん、ぼけちゃったの？」

怒ったような声で聞かれて私は後ろを振り向いた。ふくれた鮎奈の頬が妙に赤い。思わず手を伸ばして触れてみると、びっくりするほど熱かった。

市立病院の待合室に奥さんが現れたのは、夜の七時を少し過ぎたところだった。彼女にしては早い退社時間だ。無理もないが、彼女は開口一番私に「どうしてこんなことになるのよ」と責める言葉を投げつけた。そのまま自分の娘と父親の病室に行ってしまい、私は清潔だがどこか寒々しいロビーで彼女が下りて来るのを待っていた。小一時間で奥さんは戻って来てバツが悪そうに微笑んだ。

「本当にすみませんでした」

「いいえ、手毬さんのせいじゃないのに、私の方こそごめんなさい」

私と奥さんはぺこぺこと頭を下げあう。

「どうでしたか?」

「大した事なかったわ。鮎奈はインフルエンザじゃないみたいだし、おじいちゃんも軽い捻挫(ねんざ)だって。でも大事をとって一晩入院していって下さいって言われた」

それを聞いて緊張していた背中の筋肉がやっと緩んだ。子供の熱は上がるし、バスに乗ったおじいちゃんは降りる時に転んで足をひねるしで生きた心地がしなかった。結果的には大した事がなくてよかったが、インフルエンザで死亡する子供は年々増えているし、もしこれでおじいちゃんが歩けなくなったら、彼女達の生活はいろんな意味で追いつめられるところだった。

奥さんは大きく息を吐いてベンチに腰を下ろした。化粧は剝(は)げ、朝きちんとまとめたはずの髪はほつれ、こめかみにできた吹き出物が赤く腫(は)れていた。それでも彼女はまだ若くて美しく、流行の細いジャケットとパンツに包まれた体は、中学生の女の子のようにほっそりしていて妊娠中とはとても思えなかった。

「クリスマスだっていうのに」

額に手をやったまま奥さんは言った。

「お夕飯の買い物もできなくて……すみませんでした」

「いいのよ。どうせたっちゃんは何時に帰ってくるか分からないし、子供と年寄りは入院しちゃったし。二人で何かいいもの食べて帰りましょう」

殊更明るく奥さんは答えた。私はどう反応したものかとただうつむく。ロビーにはわざとらしいくらい大きなクリスマスツリーがあったが、白い蛍光灯の下ではそれはかえってわびしかった。それにさっきから看護師一人通らない。

「ねえ手毬さん。思ったことを正直に言ってほしいんだけど」

切り出しにくい顔をして彼女は言った。

「父はぼけたわよね？」

奥さんはまっすぐ私の目を覗き込んでいる。息を詰めて家政婦の反応を待っている奥さんを、私は内心哀れに思った。

夕方、家のそばのバス停までおじいちゃんを迎えに先回りした時、私を見て慌てたらしいおじいちゃんはバスのステップを踏み外した。急いで駆け寄った私に彼は「娘が今日は自分で帰って来いって言ったんだよ」と言い訳をした。そうやって自分の失敗を取り繕うのはぼけの兆候だ。

「最近変な所に電話の子機とかテレビのリモコンが入ってたりするの。それに、夜中に突然起きて財布がないから捜してくれとか言うのょ」

奥さんは私から目をそらし、天井を見上げる。

「お父さんはぼけるタイプじゃないと思ってたんだけどな。子供には厳しい人だったけど、頭が切れて頼りになって。でもやっぱりお母さんに先に逝かれちゃったのがこたえたのかなあ」

半分涙声になって彼女は言った。

「今だって頭が切れて頼りになる人ですょ」

「そうかしら」

「お父様はぼけてません。ただちょっと歳をとっただけです。歳をとるのはそんなに悪いことですか？」

私の問いに奥さんは曖昧(あいまい)に首をかしげ答えなかった。そこでにわかに廊下の奥が騒がしくなって、二人して立ち上がって覗(のぞ)き込むと急患らしく、看護師達がストレッチャーを押して大騒ぎで通り過ぎて行った。笑い事ではないが、私達は顔を見合わせ苦く微笑んだ。

「手毬さん、お願いがふたつあるんだけど」

気を取り直したようにして、奥さんは言った。

「どうぞ。できることならやらせて頂きます」

「お正月、一緒に過ごさない？　お一人なんでしょう？」

私は露骨に息を吐いた。この仕事をはじめてからそれを言われたのは三度目だ。好意で言われていると分かっているが、よほど彼らは家族だけで休日を過ごすのが恐いらしい。

「申し訳ございませんが遠慮させてください。お節の用意は大晦日にいたしますよ」

「留学してるお嬢さんが帰って来られるの？」

そうではないが、面倒なので私は頷いておいた。

「それじゃ仕方ないわね。ごめんなさい」

「もうひとつは何でしょう」

奥さんはすぐ答えずにゆっくりと出口に向かって歩き出す。私もそれに続いた。

「年が明けたら、父にアルツハイマーの検査を受けさせたいの。私が言っても嫌がるだろうから、健康診断だってごまかして連れて行ってもらえないかしら」

自動ドアが音もなく開いた。北風に煽られて、私はおじいちゃん達とお揃いのマフラーを首に巻きつけた。

検査して違うと分かれば奥さんも少しは安心だろうし、もし認定されればそれなりの援助金が貰えるし施設にも優先的に入ることができる。抵抗はあったが仕方ないことだった。分かりました、と私は答えた。

大晦日は奥さんの家で簡単なお節だけ作って、私はそれを少し頂いて帰って来た。近所の人達が一緒に紅白を見ないかと誘ってくれたけれど、気持ちだけ頂いて遠慮させてもらった。ざっと掃除をして風呂に入って寝巻に着替え、やれやれと炬燵に入ってテレビを点けるともう二時間もしないうちに年が明けてしまう時間だった。そういえば年越しそばを買ってくるのを忘れていたなと思いながらテレビを眺める。去年の正月にはグミがいたのでそばや餅を買っておいたが、いざこうして一人になってみるとそんなものはどうでもよかった。

あちこちチャンネルを回したが、真面目な番組もふざけた番組もなんだかピンとこなかった。六十歳以上の自殺率が急上昇していることを議題に、文化人やタレント達が議論している。数が増えれば淘汰されるのは当たり前なのに、何を深刻に話しているんだろうと思っているうち、私はうつらうつらしてきた。そして新しい年を迎える前に、そのまま眠り込んでしまった。

電話の音で目が覚めた。セントラルヒーティングは夜中に自動的に切れるようになっているので、炬燵のテーブルに突っ伏して眠っていた私はすっかり上半身が冷えてしまっていた。子機はどこだったかしらと立ち上がる。音のする方へ行くと仏壇の前にひとつ立ててあった。

「ママ？」

「ああ、グミ」

「何がよ。大丈夫に決まってるじゃない」

夏からニュージーランドに留学した娘のグミは、とたんに私を年寄り扱いするようになった。それとも娘が大人になってきたということだろうか。

「だってママ、お正月一人で過ごすのって生まれて初めてでしょう？」

「そういえばそうかしらね」

テレビも点けっぱなしになっていた。毎年のことだが、振り袖と紋付き羽織姿の芸能人がにぎやかに大笑いしている。いったい今何時なのだろう。

「ちゃんと布団で寝たの？　ママってどこでも居眠りしちゃうんだから」

言い当てられて、私は何だか不愉快になる。

「ご心配なく。あなたの方はどうなの？」

「あ、やっぱり読んでない」

とても地球の裏側からかけているとは思えない大きな声が耳に響いた。

「メール書いても全然読んでくれないんだから」

そういえば、もう何週間もメールチェックをしていないことを思い出した。どうもそういうことが最近面倒で仕方ない。

「ま、いいや。カードないからもう切るね。また連絡する」

「あ、グミ。あけましておめでとう」

「はいはい、おめでとう。今年もよろしく」

簡単に言って娘は電話を切った。せわしなかったが、とにかく元気でやっていることは分かった。それだけでもやはり嬉しかった。カーテンを開けると、ちょうど郵便局のバイトらしい男の子がうちのポストに葉書を入れているのが見えた。

サンダルをつっかけ玄関を出る。早朝の空気が冷たくも清々しかった。

一枚だけ届いた年賀状は、思ったとおり母からだった。文面は当たり前に新年の挨拶が書いてあるだけで、自分の住所は書いていない。三年くらい前から年賀状だけくるようになったのだ。いったいどうやって母は私の住所を調べたんだろうと不思議に思う。けれど迷惑なわけではないし、まあいいかと私はぼんやり思った。

正月は五日間休みをもらい、その間私はテレビを眺めたり鮎奈とおじいちゃんの手袋を編んだり、近所の家に誘われて少しお酒を飲んだりもした。

グミからのメールは五通もきていて、あちらで好きな男の子ができて、うまくいって恋人になって、冬休みをその子の家族と過ごすことになったと書いてあった。一番新しいメールには外国人達に囲まれて楽しそうに笑っているグミの写真が添付されていた。隣に写っている男の子がボーイフレンドなのだろう。薄茶の髪で整った顔立ちをしている。皮肉っぽそうな目がちょっとグミの父親に似ているようで気になったが、まあファザコンだったからそれも無理はないかなと思った。

お正月の間、案の定奥さんと旦那さんは喧嘩をしたらしく、おじいちゃんが言うには旦那さんの方が里帰りをしてしまったそうだ。

「家出じゃなくて？」

おじいちゃんに問い返すと、彼は下唇をつきだして頷いた。

「そ。家出じゃなくて里帰り。しばらく実家に帰るって怒鳴って出て行ったから」

「世の中、変わりましたねえ」

「そうだね。まあ達矢君には悪いけど、ついでに女の方から三行半を突きつけられるようになるといいんだが」

「もうとっくにそういう時代になってますよ」

「あんな男にうちの娘はもったいないよ。いくら赤ん坊ができたからって、結婚なんかさせるんじゃなかった」

総合病院の混んだ待合室で、私達は待ち時間を持て余してお喋りをしていた。彼の娘贔屓ぶりが可愛くて私はくすくす笑う。やっと名前を呼ばれて私達は診療室に入って行った。おじいちゃんには、年に一度くらいは大きい病院で健康診断をした方がいいからと、奥さんから言い含めてあった。

医者は女医さんで、次から次へと忙しいだろうに、それをかけらも見せずににっこり笑った。帽子を取って丁寧に挨拶するおじいちゃんに名前と歳、家族構成や最近の体調について尋ねた。彼は多少まごつきながらも正確に答えていく。

少し離れた椅子に腰掛け、私は女医さんの質問をぼんやり聞いていた。そして「今年は何年ですか？」という質問におじいちゃんが首を傾げた時、自分も「あれ？　何年だっけ？」と思い出せなかったので驚いた。

「えっと、二〇一七年でしたかな」

「はい、そうですね。じゃあ今日は何月何日ですか？」

質問は続いていたが、私は今年が本当に二〇一七年なのか確信が持てなかった。きっとそうなのだろうけれど実感が伴わない。いつの間にそんなに年月が過ぎたのだろう。

「去年は何枚くらい年賀状を書きましたか？」

「ええと、もう定年になって久しいので、昔ほど多くはありません」

年賀状。そういえば、暮れに奥さんから頼まれた年賀状の宛名書きはどうしたんだっけ。ちゃんと終えて投函(とうかん)したかどうか記憶があやふやだった。

「はい、ありがとうございました。あとはレントゲン検査になりますね。ヘルパーさんと少しお話ししますので、先程の待合室でお待ちください」

おじいちゃんが頭を下げて診療室を出て行くと、女医さんは急に早口になった。

「CTスキャンならこのあとすぐできますよ。お時間大丈夫ですか？　でも問題なさそうですね。年賀状も書かれているようだし」

カルテに書き込みながら彼女は言った。何を言われたのか分からなくて私はぽかんとした。

「あの」

「おじいちゃんはよく眠れているようですか？　おトイレなんかは失敗したことは？」

「いいえ、あの、年賀状を書かないと何かあるんですか？」

やっとそこで女医さんは私を見た。唇の端が訝(いぶか)しげに持ち上がる。

「そういう意味ではないんですけど、認知症になりかかりの方はまず日常生活にあまり関係がないことからできなくなるケースが多いんです。年賀状を書かなくなったり、新しい電化製品の使い方が覚えられなくなったり」

私は何度も瞬(まばた)きをした。女医さんは私が返事をするのを辛抱強く待ってくれた。

「今日、私も検査をしてもらっていいでしょうか」

資格を持っていなくても、この仕事を何年かやっていればある程度老化に対する知識はつく。だからこそか、まさか自分がぼけていくとは考えてもいなかった。

　その日私は家に帰ると、ものすごく疲れてしまって手も洗わず仏壇にも向かわず、キッチンの灯かりだけ点けて、ただ椅子に腰掛けていた。

　でも私はまだ五十七歳だ。七十歳を老人と呼ぶか呼ばないか議論になっているこの時代では、年金を貰えないどころか毎月高額の国民年金を払っている立場なのだ。いや、でも私は本当に五十七歳だったろうかとにわかに不安になる。

　確か早発性のアルツハイマーは若くしてかかることもあるとどこかで読んだ。進行性のアルツハイマー。それはヘルパーをしている私でも、ぞっとするイメージがあった。家族の顔が分からなくなり、自分の家が分からなくなり、夜中に徘徊しては他人様に迷惑をかけ、終いにはいつ何を食べたか、排泄したいのかどうかも分からなくなる。

　私はテーブルの上に投げ出した、長年使ってすりきれてきた布の買い物袋を見た。新しいのを作るか買うかしようと思ってからずいぶんとたつ。けれどこれで不便はないし、どこか切れるかほつれるかしたら新調しようと漠然と考えていた。

　まさか、買い物袋より先に自分がほつれてくるなんて。

キッチンの電灯が仏壇を斜めに照らし、正次郎さんが暗闇の中からこちらを見ているのが目に入った。

もし私が狂ってしまったら、誰が私の面倒をみることになるのだろう。順当にいったらグミだろう。けれどもしグミが帰国しなかったら、自治体はもう一人の娘か義理の弟に連絡を取るかもしれない。

私はゆっくりと立ち上がった。それだけはどうしても避けなくてはならない。彼らにこれ以上迷惑はかけられないと思った。それにグミにだって、こんなことでせっかくの留学を断念させたくはなかった。

これが罰かもしれない。そう思ったら、止めていた息がおなかの中から吹き返してきた。ほうと長くそれを吐く。人に迷惑ばかりかけてきた罰が今やってきたのだ。そう思えば勝手な話だがずいぶんと救われる。

検査の結果は来週出ると女医さんは言っていた。その間に、ほんの少しだけれど財産もあるから遺言を書こうと思った。訳が分からなくなってしまう前に自殺しようと簡単に決心がついて、私は何だか笑ってしまった。そうすると、ちょっとだけでも二人の娘と弟と、そして母親の顔も見てみたい気持ちがかすめた。なんて欲深いのだろうとさらに笑いがもれる。

すっかり平静を取り戻した私は、そんな場合ではないのに空腹を感じて、何か作ろうかと冷蔵庫を開けてみた。
そこにはマヨネーズとねりからしに挟まれて、ちんまりと電話の子機が立っていた。
すっかり冷えてしまったそれを私は愛(いと)しく持ち上げた。

葵花向日（きかこうじつ）……………………………二〇二七年

死んだ猫の夢を見た。

明け方の夢はいつも現実と見紛うほどリアルで、まどろみの中で私は死んだはずのピカがベッドに飛び乗ってくる重みをお腹の上に感じた。猫のか細い四肢が枕のまわりをぐるぐる歩き、かつお節くさい口臭とふかふかな指先の感触がして、私は寝ぼけながら掛け布団を少しめくってやった。するりと鼻先をかすめて猫が布団の中に潜りこんでくる。私の脇の下で体を沈め、腕のつけねにピカがその白い顎をのせ湿った息を吐いた。

というところで目が覚めてしまい、私は思わず跳ね起きて猫の姿を捜した。とても夢とは思えず私は「ピカ?」と猫の名前を呼んでみた。

「どうしたの、姫乃さん。何泣いてんの?」

そこで寝室のドアを開けて、日向が入って来た。部屋の中が一気に煙草くさくなる。シャツの乱れ具合といい、だるそうなとろんとした目といい、たった今夜遊びから帰ってきたのだろう。

「ピカの夢見ちゃった」

「ふうん。あー眠い。寝ていい？」

「シャワー浴びなきゃ、ベッド入っちゃ駄目」

知らずに流していた涙を拭いながら言うと、彼はしぶしぶシャワーを浴びに行った。可愛がっていた猫が半年前に死んで、まわりの人々が本気で心配するほど泣き暮らしていた私に、日向の方から「しばらく一緒に住んでやるから」と言ってきたのだ。画策したわけではなかったが、そうしたいと願っていた私は思いがけず事がうまく運んで天国のピカに感謝した。

しかし、私と彼は純粋には恋人同士ではない。ベッドも共にしているし、ほんのたまにはセックスもするが、私達は事務所の社長と所属タレントという関係だ。何しろ歳が二十歳違う。私がいくら実年齢の三十九よりずっと若く見えて、彼が十九にしてはずっと大人びているにしても、並んで歩いて恋人同士に間違われることはまずないだろう。仕事で関わる一部の人達が「また渡辺姫乃が新しいペットを飼いはじめた」と噂しているのはもちろん知っているが、もう少し理解あるスタッフ達は「また姫乃さんが卵を拾ってきた」と囁いている。

ほんの五分もたたないうちに日向が部屋に戻ってきた。上半身裸で下だけだぶだぶの綿のパンツを穿いていた。私は猫にしてやっていたように、羽毛布団の端を彼のためにめくった。日向はもう半分眠りかけている目で私の横に滑りこんでくる。百八十センチを軽く超える痩身の彼が、長い手脚を蜘蛛のようにまきつけてくる。頬にあたる長髪は湿っていて、私のアロマシャンプーのいい匂いがした。この週末は私も久しぶりに休みが取れて、このまま彼と冷房をきかせた寝室で惰眠をむさぼることができる。額の生え際をなでてやると、彼は目をつむったまま心地よさそうに微笑んだ。それでまた私はピカのことを思い出してしまい涙ぐむ。

「また猫飼おうかな」

「今は俺のこと飼ってるんだからいいじゃない」

目を開けずに彼がそう答えた。私は少しだけ傷つきながらも、日向に自覚があることに安堵のようなものを感じた。

今までこうして自分のベッドで温めた卵はいくつだったろう。独立前に勤めていた大手のプロダクションの時から数えると、同棲まではしなくても、私が手がけて世の中に送り出した男の子は十人を超える。その中で日向のように恋人に近い形で一緒に暮らした子は二人いた。一人は今では連続ドラマに欠かせない俳優になり、もう一人はダンスで芽が出て海外へ出て行った。

私の仕事はストリートやクラブで男の子を拾ってきて育てることだ。似たようなことをやっている同業者は多いが、私はその中で成功している方だと思う。だが特別工夫をしているわけではない。ただ面白いと思った男の子に名刺を渡し、食事を与え、服を与え、部屋を与えて仕事を与える。あとは何もしなくても才能のある子は勝手に礼儀作法と仕事を覚え、やがて他人のプロデュースを必要としなくなる。いちいち生活態度や仕事の仕方を注意しなければならない子は、その時点で切っていく。それは私に見る目がなかっただけだから。

私自身も昔、女優としてデビューしたことがあった。高校入学と同時に家族の反対を押し切って受けた映画のオーディションで、私は主役ではなかったけれど、端役でその映画に出演できた。しかし所属した事務所がなかなか次の仕事を決めてくれず、じれた私は自分の足で映画やテレビドラマのプロデューサーのところを回って、エキストラでも水着でただ立っているだけの番組アシスタントでもやった。勝手に仕事をとってくる私に事務所は「安売りするな」といい顔をしなかったが、とにかく私は少しでも映画やテレビの画面に映りたかったのだ。

私のやる気が業界に伝わったのか、仕事は徐々に増えていって、これに出たら必ずその後ブレイクすると言われていた清涼飲料水のCMに十九歳になる直前に出ることができた。でもそれはたった一週間しかオンエアされなかった。何故なら、私の父親がビルの屋上から飛び降りて自殺したからだった。

死んだのが父だけならまだよかったのに、父は歩道を歩いていたOL二人と働き盛りのサラリーマンを道連れにしたのだ。せめて誰も歩いていないのを確かめて飛び降りてほしかったが、自殺するほど追いつめられていたからこそ、そこまで考えがまわらなかったのだろうと今はやっと思えるようになった。

ＣＭは打ち切りになり、入っていた仕事は全部キャンセルとなった。兄と暮らしていたマンションにはワイドショーのレポーターが押し寄せ、私はカメラの前で何度も謝罪を繰り返した。どうしようもなくつらかったが、それでも今私はテレビに映っているのかと思うと悪魔のように嬉しかった。母がどこかで見ていてくれればいい。そう思った。

その騒動が収まって、父の家を売った金で賠償金も払ってしまうと、もう私には何も残らなかった。仕事も金も、血の繋がっていない叔父であった「お兄ちゃん」への愛情も消え失せた。その時私はまだ二十歳になっておらず、今腕の中で眠っている大きな子供と同い年だった。けれどあれから二十年、私は死なずに生き残った。可哀相に思ってくれた知人がプロダクションの社員として雇ってくれ、私は女優業から裏方に回ったのだ。そして今では同年代の男性の二倍以上の年収と、都心の４ＬＤＫのマンションを得、ペットであり商品である様子のいい男の子が私のウォーターベッドで眠っている。他人から施してもらったものではなく、全部自分の力で手に入れたものだ。

この卵もそう遠くないうちに孵ってひな鳥となり、やがてここを飛び立っていくころう。

とを私は知っている。というより、そうさせることが私の仕事だった。今まではそうしたらまた新しい卵を拾ってくればいいと思っていたが、私も次の誕生日には四十歳になる。そろそろ親鳥の役目も疲れてきたし、卵を誘惑できる年齢にも限界があるだろう。

やっぱりまた猫を飼おうかな、と思った時枕元で電話が鳴った。まだ朝の九時なのに誰だろうと考えながらスイッチを入れると、最新のモバイル型の液晶電話には、若くはないがそう歳もいっていなそうな女性が映っていた。こちら側の映像はオフになっているので見られていないと分かっていても、半裸で十九の男とベッドにいる自分が恥ずかしくなるような、きちんとした白いブラウスを着た女性だった。

「朝早く申し訳ございません。渡辺姫乃さんでいらっしゃいますか」

控えめだが、はっきり意志を持った声で相手は言った。

「はい。そうですけど……」

自宅の電話番号はよほど信頼できる人にしか教えていない。けれど、個人のプライバシーなど守りようがない世の中だ。誰からどんな電話がかかってきてもおかしくない。だから向こうが映像と発信番号を送ってくる時にだけ私は電話に出るようにしている。画面の下には、東京ではない四桁(けた)の市外局番がついたナンバーが表示されていた。

「わたくし、高齢者ケアマネージャーの経堂と申します。突然で大変恐縮ですが、中村手毬さんのお嬢様でいらっしゃいますね」

表情を変えずにその人は言った。言われたことを理解するまでに三秒かかった。

「……中村かどうかは分かりませんが、母の名前は手毬です」

「ええと、お名前の漢字は、蹴鞠の方の手鞠ではなくて、お花の小手毬の方の手毬さんとなっていますが、そうですか？」

そんなことを質問されても私に分かるわけがなかった。

「失礼ですが、戸籍を遡って調べさせて頂きました。中村姓になる前はアメリカ国籍の男性と結婚されていたようですが」

私は眠りに落ちた日向の頭をそっと枕の上に下ろし、シャツを羽織って液晶画面を立ち上げた。こちらの顔が映ったせいだろう、彼女の目元が柔らかくなった。

「それはたぶん母です」

私は言った。するとその人はかすかに安堵らしき微笑みを浮かべた後、急いで表情を引き締めた。その瞬間「あ、死んだのかも」と私は直感した。

「実はお母様が火傷をなさいまして」

「火傷？」

訃報だと思った私は、当惑して聞き返す。

「お怪我自体は軽いものなのですが、問題がいくつかありまして、お身内の方を捜させていただきました」

どうして今更私に？　と疑問が湧き上がってくる。三十年前に家出していったきり、一度も連絡してこなかった母だ。そんな人が身内だろうか。けれど、その人は事務的に話を続けた。

「リタイアメントタウンの住宅でぼやを起こされまして、今お母様は入院されております。お忙しいのは承知しておりますが、いろいろ手続きやご相談したいことがありますので、ご足労願えませんでしょうか」

断ることもできた。三十年も音信不通だった人間に割く時間はないと言えばいいことだった。知り合いに敏腕な弁護士もいるし、金で何とでもなる問題だと分かっていた。けれど私は「参ります」とはっきり声に出して言っていた。

もう今なら母に会っても大丈夫な気がしたのだ。母に会いたかった。会って聞きたいことが沢山あった。ずっと私はこの日を待っていたのかもしれなかった。

思ったよりもずっと近い所に母はいた。東京から高速に乗って二時間で、私は母の暮らすリタイアメントタウンに着いた。そのうちの一時間は都心を抜ける渋滞だったから、きっと特急に乗って行けば一時間足らずの場所なのだろう。実際その町と都心を結ぶリニアモーターカーの路線が建設中らしい。
ついて来なくていいと言ったのに、まだ本格的なデビュー前で雑誌のモデルくらいしか仕事のない日向は、運転手としてついて行くと言い張った。たぶん私が一年も前から予約して、やっと先週納車になった人気のオープンカーを運転してみたくてうずうずしていたのだろう。でもまあ、東京に一人で置いてきて、クラブでたむろしている連中に、くだらない女や悪い薬で泥を塗られるよりはましかと思った。

「へええ。小人の町みたいだね」

小高い丘を縫うようにして走るハイウェイのカーブを曲がると、目の前の盆地に同じような家々が建つ町が見えた。平屋の赤い屋根が並木に沿って建ち並んでいる。高い建物はひとつもなく、遠くから見ても緑と花々に溢れているのが分かった。確かにおとぎ話に出てくる町みたいだ。こういう高齢者の住宅地が今全国にいくつもあるらしいが、実際に見たのは初めてだ。

「今、シルバーハウジングに入るのって大変らしいよ。ものすごい競争率なんだって」

黙ったままの私に、サングラスで長髪をなびかせた日向がご機嫌で言う。真夏の青空の下でのドライブが嬉しいのだろう。休日のせいか高速を下りるゲートには車が溢れ、通過するのに時間がかかった。

「あ、あれだわ。右に曲がって」

ホスピタルと標示が出ている看板を私は指差す。日向は大袈裟にステアリングを回して大きな交差点を曲がった。

「三十年ぶりなんだろう、お母さんに会うの。なんか俺まで緊張してきちゃったよ。見て見て。肉球に汗かいてる」

無邪気に笑って彼は大きな掌を差し出してくる。触ってみると本当に汗をびっしょりかいていた。

「この暑いのに、クーラーかけないからよ」

「そのわりに姫乃さんの手、冷たいな」

「風にあたって冷えたんでしょ」

「暑いだの冷えただの、うるさいおばさんだねえ」

「おばさんで悪かったわね」

「お母さん驚くだろうね。小さかった娘がこんなおばさんになって現れて」

まったくその通りなので私は思わず噴き出した。母と別れた時、私は九歳だったのだ。

何故三十年も音信不通だったのか、三十年前に何があったのか、その三十年の間に私がどんな思いをしてきたか、この屈託のない今時の男の子は想像すらできないだろう。だからこそ私は彼といるのが楽だった。

「涙のご対面されたら、俺も泣いちゃうかもな」

「そんなわけないじゃない。お母さんは昔、家族を捨てて男と駆け落ちして、そのせいで私のお父さんは自殺しちゃったのよ。日向も誰かに聞いてるでしょう。それで私も女優やめなきゃならなかったんだから」

そう言い放つと、はしゃいで喋りまくっていた彼が「あ、そうなんだ……」と呟いたきり口を閉じてしまった。こんな話は彼の子犬ほどの脳みそにはキャパオーバーだったのだろう。彼は黙ったまま、目の前に見えてきた小学校のような外見をした病院の駐車場に車を入れた。私は助手席のドアを開けながら彼に尋ねた。

「どっかで待ってる？　気が重かったらついて来なくていいよ。東京帰ってもいいし」

なるべく優しく聞こえるように私は言った。いざとなると、こんなことに彼を巻き込む必要はないように思えた。悪い遊びを覚えてもクラブで遊んでいた方が彼には合っている。サングラスをしたまま、彼はしばらく唇を噛んでいた。ない頭を絞っていろいろ考えているのだろう。

「ここまで送ってくれただけでも嬉しかった。一人で来るのは気が重かったし。日向がここで帰っても、そんなことで嫌いになったりしないから」

彼はサングラスを外し、ダッシュボードに放り投げた。

「一緒に行くよ。でもこんな恰好でいいのかな」

目が痛くなるような蛍光色のランニングと膝丈のアーミーパンツ、素足に引っかけたビーチサンダルを見て私は笑った。

「いつもの恰好じゃない」

「お母さんに怒られるかもしれない」

「お母さんに人を怒る資格はないよ」

車を降りてきた彼と私は手をつなぎ、真上から照り付ける日差しの中を、まるでプールにでも行くような足取りで病棟に向かった。


母は私を覚えていなかった。

本当に小学校を改造したらしいその病院の六人部屋に母はいた。窓際のベッドの背を起こしてちんまりと座り、ベッド脇にいる女性とにこにこ笑っていた。かなり面変わりして体がひとまわり小さくなっていたが、すぐに母だと分かった。当たり前だがずいぶん歳をとって見えた。浴衣から出た右腕に白い包帯が巻かれている。

こちらに背を向けていたが、ベッド脇に座っているのが今朝電話をしてきたケアマネージャーの女性だと分かって私は「経堂さん」と声を掛けた。母に直接声を掛けなかったのは、やはりこちらにも意地というものがあったからだ。

「あ、姫乃さん。お待ちしておりました。手毬さん、お嬢様がいらっしゃいましたよ」

笑顔のまま母は私と目を合わせた。この瞬間を私は幾度想像しただろう。母は泣くだろうか、謝るだろうか、それともけろりと「元気だった？」と聞くのだろうか。

「こんにちは。お暑いですね」

緊張して、日向のように掌に汗をかいていた私に母はのんびりとそう言った。

「お母さん？」

「はいはい。何でしょう」

「忘れちゃったの？　私よ。姫乃よ」

「姫乃ちゃんとおっしゃるの。可愛いお名前ね。そちらの大きい男の子は？」

唐突に聞かれて、彼は生真面目に答える。

「あ、僕は長谷川(はせがわ)日向といいます」

「いいお名前だこと。男らしくて」

とんちんかんなやりとりに、気まずい沈黙が場を襲った。しかし母は一向に構う様子はなくただ微笑んでいるだけだ。それ以上は何も質問してこない。

「手毬さん、わたくしお嬢さん達とちょっとお話ししてきますね。待っててください」

「はいはい。どこにも行きゃしませんよ」

言葉を失って突っ立っていた私の背中を経堂さんが促した。廊下に出たとたん私は彼女に詰め寄った。

「どういうことなんです？」

「今ご説明いたします。とにかく、喫茶室にでも行きましょう」

「なんで、あの人は私を覚えてないんですか？」

彼女が宥めるように優しい声で言うのが余計腹立たしくて、思わず大きな声を出した。よせよ、と日向が私の腕を摑んだ。

経堂さんは顔立ちも服装も地味で化粧もしていないが、肌がきれいだった。きっと私よりずっと年下なのだろう。その彼女がまるで自分のせいだというような悲しそうな顔をして言った。

「勝手ながら検査させて頂きましたが、お母様はアルツハイマー認定を受けました」

その単語に私は目を見張った。

「だって、あの人まだ七十にもなってないんじゃない？」

「六十七歳です。ずいぶん前から発症されていたようでした。十年前に東京の総合病院で検査された時のカルテが残っていまして、その時に既に早発性アルツハイマーの疑いがあったようです」

「え？　じゃあ、それからずっと入院してたんですか？」

「いいえ。通院なさらず、お一人で暮らしていらっしゃったようです。お仕事も六十歳まで続けられていたそうです」

聞きたいことは山のようにあったが、そのあたりで私は完全に脱力した。昔から母のすることは謎だらけだったが、理解しようという最後の気力がしゅるしゅると抜けていくように感じた。日向のことは言えない。私にも母に関することはキャパオーバーだった。

病院を出た私と日向は、とにかく母が住んでいる家に向かった。ぼやの被害はそうひどくないらしいが、それは国有住宅なので自費で直す必要があるそうだ。私が呼ばれた第一の理由はそれだった。母にはまだ多少貯金があるらしいが、それを使って修復工事をしていいかどうか、もう母には判断する能力がない。身寄りがない人の場合はケアマネージャーと町の管理人とで判断するのだが、あとで親族が出てきて勝手に金を使ったとトラブルになるケースが多いのだと経堂さんは言っていた。

母の家は斜面の上の方にあり、建物は他の家々と同じものだが、玄関前の広めの庭に野菜らしきものが一面に植えられていた。隣の家は対照的に庭一面が花で埋められていて、見たこともないような太い茎の、私より背が高そうなひまわりが誇らしげに咲いていた。母の庭はそれに比べて地味だったが、よく見ると茄子（なす）や胡瓜（きゅうり）がなっている。ぼやを起こした跡は外側からは分からなかった。

経堂さんから渡された鍵（かぎ）で中に入ると、すぐ目の前に現れたキッチンの壁が一面無残に焦げていた。まだ焦げ臭い匂いが残っている。天ぷらを揚げようとして火を出したそうだが、元々高齢者用の住宅なので耐火用の壁材とスプリンクラーのおかげですぐに収まったらしい。これならそんなに費用がかからず直せそうだと、とりあえずほっとした。

「案外いいとこ住んでんだなあ。俺が住んでたアパートより百倍きれいじゃん」

少し前まで昭和の時代に建てられた安アパートに住んでいた日向が無邪気に言い、勝手に部屋の中を散策しだした。確かに2DKの平屋は豪華とは程遠かったが、収納スペースも沢山あるようで、焼け焦げたキッチン以外は小綺麗に片づけられていて、住み心地がよさそうだった。そうだ、確かにあの人は家事の才能があったように思う。子供の頃に家族で住んでいたあの家も、母がいた頃はいつもきちんと片づけられていて、私が学校の友達を連れて帰ると、生のフルーツジュースやポップコーンを手早く作ってくれた。

「ねえ、これ姫乃さんのお父さん？」

奥の部屋から日向の声がして行ってみると、仏壇の写真を彼が指差していた。まったく見覚えのない、お世辞にも素敵とは言いがたい老人の笑顔があった。

「違う」

経堂さんに聞いたところによると、どうやら母は駆け落ちしたアメリカ人とは十年くらいで別れ、この見知らぬ男と籍を入れたらしい。なんでなのかさっぱり分からなかった。子供の目から見てもパッとしなかった私の父を捨て、金髪碧眼のあのマーティルという男を選択したのは百歩譲って分かるとしても、その後こんな親父と結婚するとは、捨てられた父があまりにも可哀相に思えた。

そういえば病院の喫茶室で、母とマーティルの間に娘が一人いると聞いた。今はニュージーランドで結婚しているらしく、まだ本人とは連絡が取れていないそうだ。十二歳違いの妹は、愛されて育ったのだろうか。それとも私と同じような目に母からあわされたのだろうか。

経堂さんは、もう一人連絡の取れた身内が今日これから来ると言っていた。兄だろうかと緊張したら、あの人の母親だというのでびっくりした。思わず「生きてたんですか？」と失礼なことを言ってしまうと「八十四になられるそうですが、電話でお話しした限りではお元気そうでした」と彼女は笑っていた。

「忘れちゃうなんてずるいよ」

苦笑いで独りごちると、自分で言っておいて相当核心をついていたようで涙がこみあげてきた。ただ一言謝ってくれればそれでよかったのに、捨てた娘のことも、捨てたこと自体も忘れてしまうなんて。

「わ、泣かないでくれよ。泣かれるの苦手なんだよ」

横で日向がおろおろとそう言い、私のハンドバッグを奪い取ると勝手に中からハンカチを出してこちらに押しつけてきた。

「うん。分かってる。ごめん」

「謝らないでいいから、泣かないで」

この子を連れてきてよかったのか悪かったのか、よく分からなくなってきた。涙を止められてよかったのか、こういう時くらい人目も憚らず号泣した方がいいのか。

もう母のことなど思い出さない日の方が多かったのに、私はやはり母に対する思いをなくしてはいなかったのだ。母の方だって子供を捨てた罪悪を感じて、今更連絡は取れないまでも、どこかで私のことを考えてくれているとばかり思っていた。それなのに、ぼけてみんな忘れてしまうなんて。これでは母に二度捨てられた気がする。

さっき病院で見た、母のおだやかな笑顔を思い出すと、ゆっくりと、でも確実に憎悪の感情がにじみ出てきた。

私は何でも覚えている。マーティルという母の幼なじみのアメリカ人が家に遊びに来たあの日のことも。無邪気なふりをしながらも、兄の愛情を心のどこかで重圧に思っていたことも。だからマーティルの「朝の散歩をしよう」という誘いが言葉通りの意味ではないのが分かっていながらついて行ってしまったことも。

母がいなくなった家で、元々無口な父がもっと頑なに口をきかなくなって、淋しさのあまり初潮が来る前だったのに兄とセックスした時のあの体と心の痛みも、父の自殺を機に兄から離れて一人で生きていく決心をしたあの十九歳だった晩のことも、みんな昨日のことのように覚えている。前に同棲した二人の男の子が家を出ていった時の空虚。外国に発つ日に恋人だった彼が贈ってくれた子猫の目が大きくピカリと輝いていたこと。今でもピカを抱き上げた時の重みを手に取るように覚えている。

「私は日向に初めて会った時、何着てたかだって覚えてるよ」

いきなりそんなことを言われて、彼は面食らって口を開けた。

「何の話？」

「初めて会った時よ。池尻のクラブで、あんたまだ中坊のくせにいっぱしな顔して、女物の水色のシャツ着て踊ってた。足元ビーサンのくせにビンテージのリーバイス穿いて」

訳が分からない顔をしながらも彼は問い返してくる。

「なんで女物って分かったんだよ」

「ボタンが左前だった。お姉さんいるのって聞いたら、僕のお姉さんになってよってあんた言ったんだよ。それでいろんなお姉さんのとこ渡り歩いてるんだってすぐ分かった」

呆れた様子で日向は頭を振る。

「そんなこと覚えてるようじゃ、ピカのことは一生忘れられねえな」

語尾に厭みが混じっていたので、私はむきになって言い返す。

「当たり前じゃない。ピカのこと一生忘れるわけないよ」

「そんなに愛しちゃってたんなら、どうしていいもん喰わせすぎて糖尿で死なせたんだよ」

一番言われたくないことを言われて、私は思わず手を振り上げた。日向ならよけられるはずなのに、私の掌は彼の左頬をもろにヒットした。

「あら、いい音だこと」

そう言って玄関先に現れたのは、一瞬妖怪と見間違えるような老女だった。といっても醜いわけではなく、どちらかというとその逆で、日本人は決して着ないような色のサマードレスと前時代的なつば広の白い帽子が似合っていた。年齢も国籍すらも不詳なその女性を見て、開口一番、日向が言ったことはこうだった。

「姫乃さんのおばあさんでしょ。そっくりじゃん」

「そっくり？　嘘でしょう？　どこが？」

「目尻の皺の感じとか、唇の形とか」

「うそ。失礼ね。私そんなに皺寄ってる？」

そこで一緒に来ていた経堂さんが、気まずそうに咳をもらした。私達ははっとして老女に向き直る。彼女は歳に合わない流行(はや)りの色に塗った唇で、皮肉そうに微笑んでこちらを見ていた。

「あんたが手毬の娘なんだね」

目元の皺をさらに深くして、私の祖母らしき人がこちらを見ている。母の母親のはずなのに、何故だか母よりずっと若く見えた。この人も確か、私が母のおなかの中にいた時に家族を捨てて家を出て行ったと聞いていた。

こうして実物を目の当たりにしてみると、外見は似ていなくても、母の血はこの人から受け継がれたのだなと納得がいった。そして私にもその血が流れているのかと思うと、まるで吸血鬼の血を継承してしまったようで、俄(にわ)かに背筋に寒気が走った。

「お母さんは、おばあちゃんのことも覚えてなかったですか？」

病院に戻る車で後部座席に並んで座った祖母に尋ねると、答えより先に私はピシャリと叱られた。

「おばあちゃんなんて呼ばないでちょうだい」

普通生まれて初めて会った孫に「おばあちゃん」と呼ばれたら嬉(うれ)しいんじゃないかなと内心首を傾げつつ、まあとにかく祖母も母も普通じゃないのは十分承知していたので問い直した。

「えっと、じゃあ律子さんでいいですか？」

「ええ、ありがと。手毬は私のことも、なーんにも覚えてなかったわ。なんかほっとしちゃった」

どうしてそこでほっとするのよ、とまた疑問を覚えたがもう何も言わないでおいた。この人には何を言っても無駄なようだ。

「今はどちらにお住まいなんですか」

かといって黙っているのも気詰まりで私は聞いた。

「男のところ」

もしそれが正式な夫だったら「男」とは表現しないだろう。返答に困っていると彼女は明るく話を続けた。

「私、長いこと外国をふらふらしてたから、健康保険料も国民年金も払ってなかったのよ。だから誰かに食べさせてもらうしかないの。ま、日本にいたってたぶん手毬みたいにちまちま保険やら年金やら払ったりはしなかったけどね」

そこで黙って運転していた日向が、耐え切れなくなったように盛大に噴き出した。

「ワイルドだなー、律子さんは」

「そう？　ありがとう」

「俺も馬鹿高い保険やら年金やら、払うのやめようかな」

　そこで経堂さんが、さっきと同じように人を諫める咳をして言った。

「そういう方が大勢いらっしゃるから、今は医療費が高くて、本当に治療の必要な方が病院にも行けないんです。高齢者住宅もヘルパーの人材不足も深刻なんですよ。自分がいつまでも若いとか、ずっと健康だっていう根拠のない傲慢さが、いつか自分の首を絞めることを忘れないでくださいね」

　オープンカーの助手席で、風に髪をなぶられて居心地が悪そうにしていた経堂さんが、低いけれどよく通る声でそう言った。年収の半分以上を税金と保険と年金でもっていかれている私は「そうだそうだ」と頷き、日向は叱られてしゅんとしていた。そして律子ばあさんだけが何でもない顔をして、バッグから取り出した細いメンソールに火を点けた。煙草はつい先日また値上げして、十年前に比べたら倍の値段になっている。祖母はきっとその「男」に裕福な暮らしを与えられているのだろう。

　病院へ戻ると、先程と同じように母はただ何もせずベッドの上でにこにこしていた。そして私達に「こんにちは、暑いですね」とまた同じ社交辞令を言った。つい二時間前に会ったのに完全に忘れているようだった。それでも経堂さんとだけは面識の自覚があるらしく、母は彼女にこう訴えた。

「もう家に戻りたいです。野菜も心配だし」

　母のその台詞に、経堂さんは慣れた様子で答える。

「もうすぐですよ。畑のお世話はご近所の方がやってくださっていますから、心配しないで大丈夫ですからね」

にっこり笑って母は頷いていたが、本当に分かったのか怪しいものだった。とりあえず母のベッドのまわりに集まってはみたものの、皆話すことがなくて妙な沈黙が漂った。

「あ、名前が間違ってるわよ」

そこで唐突に祖母が言った。ベッドの頭に付けられたネームプレートを、口紅と同じ色に塗った指先でさしている。

「この子の名前は手鞠じゃなくて、小手毬の花の方の手毬なのよ。直してくださる?」

通りかかった看護師に祖母は言い放った。他人を使い慣れている人の口調だ。

「名前の由来って、小手毬からだったんですか?」

そう聞くと祖母は何故だか胸を張って頷いた。

「この子を産んだ時、病院の窓から満開の小手毬が見えてね。ああ、きれいだなって思ってつけたの」

「そうだったの。知らなかった」

と正気な顔で言ったのが母だったので、全員が度胆をぬかれてベッドの上の母を見た。

「ちょっと、あんた、ぼけたふりしてんの？」

祖母が問い詰めても、母はただおだやかに笑っているだけだ。

「マーティルのことは覚えてる？　結婚したんでしょう。幼なじみのハーフの子よ。正弘のことは？　お父さんのことは？」

何を言っても母の表情は変わらない。とぼけているにしてはやはり変だ。

「私、できればもう家に帰りたいんですけど」

質問を無視して、母はまた経堂さんにそう言った。

できたら日帰りしようと私は思っていたのだが、事態はやはりそんなに甘くはなかった。

私と祖母は、今度は病院の喫茶室ではなくリタイアメントタウンの事務所に連れて行かれ、私達が相談して決めなければならないことやしなければならないことを経堂さんからみっちり説明され、母の代わりに山のような書類を書かされた。祖母は老眼で書類が読めないとかもう疲れたとか言ってごねていたが、そこはケアマネージャーだけあって年寄りの扱いには慣れているようで、彼女は祖母を宥めすかして結局全部の書類に目を通させサインをさせた。

解放されたのはもう日が暮れた後で、暇を持て余した日向が私の車でドライブに行ってしまったので、経堂さんが事務所のワゴン車で母の家まで送ってくれた。そして、今夜一晩かけてご家族で話し合ってくださいと捨て台詞を残して帰って行った。

玄関先には私のオープンカーが停まっていて、窓には灯かりが点いていた。網戸越しに人の話し声が聞こえる。日向が誰かと携帯で話しているのかと思いながら玄関を開けると、そこにはごっそりとおじいさんとおばあさんが居たのでぎょっとした。年寄り達の中から、顔を赤くした日向が笑顔で手を上げる。彼らが囲んでいるテーブルの上には、枝豆やら揚げものやらビールが載っていた。

「なんで宴会してるの？」

自分でも無意味な質問だったかと思いながらも私は尋ねた。

「おお、グミちゃん。大きくなったねえ」

おじいさんの一人がそう言って、私の腕を引っ張り無理に畳の上に座らせた。

「グミちゃんじゃないのよ。もう一人のお嬢さんなんだって」

どこかのおばあさんがそれを訂正する。なのにおじいさんはまったく聞いてない様子で私に笑いかけて言った。

「グミちゃん、そっちのばあさんは？」

怒る気にもなれなくて、私は疲れた声を出した。

「私はグミじゃありません。彼女は母の母です」

そこでおおーっと驚きの声が上がる。祖母はすごく嫌そうな顔をした。

「なんなの、この老人どもは」

憎まれ口を叩いたわりには、祖母は勧められるまま座布団の上に座り、おとなしく隣のおじいさんにビールを注がれていた。

「でも、もしかして律子さんが最年長なんじゃないの」

からかうように言うと、祖母は「やめてよ」とさらに顔をしかめた。

「なんか手毬さん、アルツハイマーだったんだって？」

その集まりの中で一番まともそうなおばあさんが私に聞いた。

「あ、はい。そうみたいです」

「全然気が付かなかったわ。だって別におかしいところなかったもの。畑仕事だって車の運転だって一人でしてたのよ。顔合わせればにこにこ挨拶してねえ」

「そうそう。昔は人付き合いが悪くて、ちょっと冷たいところがあったのに、最近はいやに愛想がよかったものね」

彼女達の話を聞きながら、経堂さんも同じようなことを言っていたなと私は思った。六十代にしては多少ぼけているとは感じたが、とてもそこまで認知症が進んでいるふうには見えなかったそうだ。今回の入院でCTスキャンを見て、脳の萎縮があまりにも進行していて驚いたという。

けれど、経堂さんはこうも言った。皆認知症と聞くと徘徊や失禁で片時も目を離せなくなると悲観的に考える。だが、確かに人の顔や名前を忘れてしまったり、おかしなことを言ったりやったりはするが、人々が思い込んでいるほど悲惨なケースは少ないそうだ。長年やってきたことは意外と一人でできるものだし、誰もが一人でトイレに行けなくなるというわけではない。母の場合はその典型例で、自分で野菜を作ったり、買い物や料理や掃除の習慣が身についていて、しかも近隣の人達とつかず離れずの付き合いをしていたので、まわりも気が付かなかったようだ。

天ぷらを揚げていてぼやを起こすのは、何もぼけた人だけではなく正気の若い人間にもあることで、もし今回のことがなければ、もう少し先まで認知症であることが分からなかっただろうと彼女は言っていた。

こんなことをケアマネージャーの私が考えてはいけないのかもしれませんが、と前置きして彼女はこう続けた。高齢者では今認知症よりもうつ病の方が深刻で、人生の最後の日々を孤独と自殺願望で過ごすよりも、手毬さんのように過去のことを何もかも忘れてしまって、昨日のことも明日のことも考えずに、自分が病気であるという自覚もなく、おだやかに日々を過ごせたらそれはむしろ幸せなことなんじゃないでしょうか、と伏し目がちに彼女は言った。それを聞いて私は妙に納得したのと同時に、また少し母に対する恨みがつのった気がした。私だって、つらかったことや悲しかったことを、けろりと忘れてしまえたらどんなに楽だろう。それこそ母に対する憤りも一緒に。

近所のお年寄り達は、それから三十分くらいであっさり引き上げていった。テーブルの上にはおにぎりやサンドイッチがラップをかけて残されていて、そこでやっと彼らが私達に食事を持って来てくれていたのだと分かった。

いかにも飲めそうな外見とは逆にアルコールに弱い日向は、奥の和室でタオルケットだけかけて先に眠ってしまった。残ったビールをちびちび飲みながら祖母と私はテーブルを挟んで気まずい感じで向かい合う。

「ご家族で話し合ってくださいったって、もう誰も家族じゃないのにねー」

祖母の台詞（せりふ）に私も「ねー」と語尾をなぞった。エアコンはぼやの時に水をかぶって故障してしまったそうで、熱帯夜のどろりと重い空気がまとわりついてくる。網戸の外からは小さく虫の音が聞こえていた。

家族ではもうないが、私と祖母が決めなければならないことは、誰が母の後見人になるかだった。変に引っ越しをして環境に大きな変化があるとかえって認知症の進行が早まる例が多いらしく、経堂さんは私達どちらかに母を引き取れとは言わなかった。ただ、もう母は自分で財産管理ができないので、裁判所から禁治産宣告を受け、後見人を設ける必要があるそうだ。もちろんそれは必ずしも私か祖母ではなく、もう一人の娘でも、かつて義理の弟だった「お兄ちゃん」でも、金で雇った弁護士でもいい。けれど実際に連絡が取れるのは私達だけなので、どうするかは二人で決めなければならない。それに、今はまだ母は火傷が治ればしばらくは一人で暮らせるだろうが、やがては困難になる日がくるのだ。その時どうするか。そして、いくら設備とケア体制の整ったリタイアメントタウンに住んでいるといっても、こうなったらたまには様子を見に来なければならないだろう。でもそこは割り切って、何もかも放棄してしまう手もある。三十年前に母が私を捨てたように、私にも母を捨てる権利があった。

そんな複雑な思いを抱えて、すぐに結論が出るはずもなく、私と祖母はぬるくなったビールを飲みながらただ座って頬杖をついていた。

「そうだ、これ見せてあげようと思って持ってきたんだ」

急に思い出したように言って、祖母はバッグから封筒を取り出した。差し出されて開けてみると大判の古い写真が一枚出てきた。

「うわ、レトロ」

「六十年前だからね。でも、写真のままだともたないからって、一度パソコンに取り込んでプリントアウトしたやつなのよ」

なるほど紙は新しいものだったが、元の写真が相当黄ばんでいたのだろう、端の方が千切れあちこち傷が入っていた。わざと修復しなかったようだ。

「私と手毬よ。分かる？」

「ええ。二人ともこんな若い時があったんですね」

「当たり前じゃない。生まれてからずっとばあさんなわけじゃないわよ」

その写真は古い日本家屋の玄関先で撮られたもので、若い祖母がひまわり模様の袖なしのワンピースを着て、まだ小さな子供である母と手をつないで立っていた。おかっぱ頭の母は本当に嬉しそうに笑っている。

「律子さんはどうして家出したんですか？」

「あら、知ってたの？」

「はい。兄に話だけ聞きました」

「ああ正弘ね。あの子はいい子だったわねえ」

懐かしそうに笑って、祖母は煙草に火を点けた。

「恨んでるわけじゃないんです。でも、母も同じようにある日突然、家族を捨てて家を出ちゃったから、こんなに幸せそうだったのにどうしてなんだろうって思って」

「ふうん。因果はめぐるわねえ」

そう言ったきり祖母は黙り込んでしまった。昼間の太陽の下ではとても八十四歳には見えなかったが、夜の蛍光灯の下で見るとやはり老いは確実にはげた化粧の下にあった。そしてふと、経堂さんが言っていた「ぼけた方がむしろ幸せ」という言葉を思い出す。祖母はそういう意味では、母よりも不幸なのかもしれない。

「それあげる。いらなかったら捨てて。ねえ、それよりあの仏壇の男は何者なの？」

こちらの質問に答えず、祖母は話題を変えた。私は後ろの仏壇を振り返る。

「昔から手毬は男の趣味が悪かったけど、これは最悪ねえ」

「誰なんでしょうね」

「それに引き換え、あんたはいい男をつかまえたみたいじゃない」

私は肩をすくめた。

「二十も年下ですよ」

「歳の問題じゃないでしょう」

「あの子、私がやってる芸能プロダクションのタレントなんです。育て上げて世の中に放してあげるのが私の仕事だから」

八十四なのにまだ女として現役そうな祖母に言われて、私はついむきになって言い返した。すると祖母は「ふうん」とつまらなそうに呟く。そして立ち上がって仏壇の前に立った。線香でもあげるのかと思ったら、突然祖母は位牌の後ろに手を突っ込んで何やら探り出した。

「何してるんですか？」

「うん。何かないかと思って」

「何かって？」

「日記とか手紙とかへそくりとかよ。何か隠すには仏壇の中って昔から決まってるでしょう」

決まってるかどうかは知らないが、祖母が手品のように一通の白い封筒を探り当てたのでびっくりした。

「ほら、あった」

「わあ、さすが年の功」

嫌な顔をする祖母の手元を私も覗き込む。すると縦長の白い封筒には堂々と「遺書」と書いてあって私達は顔を見合わせた。

「誰の遺書なわけ？」

「母じゃないでしょう。生きてるんだから。早く開けてくださいよ」

封はしていなかったので、祖母は封筒から便箋を取り出して広げた。

「ええと、ああ駄目だわ。眼鏡がないと読めないのよ」

便箋を遠くにかざして目を細める祖母から、私はそれを強引に奪って読んだ。

「……何これ」

私はそこに書いてあった短い文章を読んで当惑した。

「なになに、なんて書いてあるの？」

「勝手ばかりしたまま、先立つ不孝をお許しください。姫乃や正弘やグミにご迷惑をかける前に自分であの世に参ります。いろいろと本当にごめんなさい。手毬」

　私はその遺書を読み上げた。

「何言ってんの。生きてるじゃない」

「日付は十年前ですね。アルツハイマーの検査受けたのがその頃だったから、自殺しようと思ったのかな」

「じゃあ、なんでピンピンしてるのよ。遺書まで書いておいて死ぬの忘れちゃったのかしら。だいたい何で私の名前は書いてないわけ？」

　答えようがなくて私も首を傾げる。母に聞いても、もう答えてはもらえないので真相は藪（やぶ）の中だ。そこで祖母が大きく腕を上げて伸びをした。

「ああ、さすがに疲れちゃった。もう寝ない？」

　私は頷（うなず）き、テーブルを片づけて押入れから勝手に布団を出して敷いた。先にシャワーをあびてきた祖母は、これまた勝手にクローゼットから捜し出した母のものらしいパジャマを着込み、あっという間に眠り込んでしまった。

　分かってはいたが、母のことをこれからどうするかこの人に相談しても無駄だと改めて悟った。私も母のものらしい浴衣を見つけ、それを着て迷った末に祖母の隣ではなく、もう片方の部屋で寝ている日向の隣に横になった。畳の上に直接寝るなんて初めてで、結構涼しくて気持ちがよかった。

私は背中から日向を抱きしめた。兄と抱き合って眠っていた子供の頃の癖が今でも抜けず、私は何かを抱かずにはうまく眠れないのだ。日向がむにゃむにゃ言ってこちらを向いた。そしてかつて兄がそうしてくれたように、寝ぼけたまま口づけをしてくれた。

遺書に書いてあった母の「本当にごめんなさい」の文字を思い出し、にじんだ涙を私はこらえた。

翌朝はセミの声で目が覚めた。開けっ放しだった網戸からは、もう強い日差しが差し込んでいた。今日も暑くなりそうだ。

起きだしていくと、祖母はもう服に着替えて化粧もすませ、昨日差し入れてもらったサンドイッチを食べていた。コーヒーのいい匂いが部屋の中に漂っている。

「おはようございます」

ぐずぐずになったままの浴衣が恥ずかしくて私は小声で言った。

「おはよう。あんたもコーヒー飲んだら？」

さすが年寄りは朝には強いらしく、ずいぶん晴れ晴れとした顔をしている。

「コーヒーあったんですか？」

「それがさ、お隣の人が朝っぱらからポットに入れて持って来てくれたのよ。こんなに親切にされるとかえって不気味よね」

笑いながら私は祖母の前に腰を下ろす。そこで日向も起きてきて、寝ぼけ眼でテーブルを囲んだ。

「なんかピクニックみたいっすね」

起き抜けなのに彼はもりもりおにぎりを食べながら言った。

「やなピクニックねー」

「ねー」

「うわ、二人とも声がそっくり」

私達に睨まれて日向は大きな肩をすぼめた。そして一番肝心なことを、一番関係のない彼が口にした。

「それで、お母さんのことはどうすることになったんですか？」

祖母と私は顔を見合わせる。お互い押し付け合っているのが目で伝わった。

「ま、とりあえず私が後見人になるわ」

仕方なさそうに祖母は言った。私はコーヒーを啜りながら「本当か」と内心疑った。

「実の娘だしね。しょうがないわ。でも、私はたまに様子を見に来るくらいしかできないから、あんた、弁護士でも雇っておいてよ」

確かにそれが妥当な案だろう。今の私には暇はないが金はある。

「私もたまには来てみます」

「そうしてちょうだい。あと、これ台所の修理に使ってよ」

そう言って祖母は古いタイプの郵便貯金通帳をこちらに差し出した。名義は「新島手毬」となっている。

「新島？」

「私の最初の夫の名字」

日向が「人に歴史あり」と茶化して笑っている横で、私はその通帳を開いてみた。少ない金額だったけれど、毎月同じ日にちにイイヅカという人から何十年にもわたって送金があって、金額はちょっとしたものになっていた。よく見るとその送金は三年前に突然終わっていた。その理由を聞こうと口を開きかけた時、外で車のクラクションが大きく鳴る音がした。咄嗟に私の車が誰かに悪戯されたのかと思って立ち上がる。

「あ、迎えが来たみたい」

カップに残っていたコーヒーを飲み干し、祖母も優雅に立ち上がった。

「え？」

「じゃあ、悪いけど私は先に帰るわ。そのうちまたね」

ぽかんとしている私と日向をよそに、祖母は玄関でパンプスを履いてさっさと出て行ってしまった。私達は訳が分からず、庭に面した窓を開けて外を見た。

庭先に停めた私のオープンカーの向こうに、かなり年代物らしいジャガーが停まっていて、ちょうど運転席から人が出てくるのが見えた。その男はどう見ても二十代だった。日向に比べると、ものすごく胡散臭く水っぽかったが二枚目なのは確かだ。はだけた白いシャツの襟元から、浅黒い肌と太い金のネックレスが見える。それで、もしかしたら日本人ではないのかもと私は思った。

男は祖母のために助手席のドアをうやうやしく開け、そして私達に白い歯を見せて笑った。「じゃあねー」と車の中から祖母が手を振ると、私の横で日向が「お疲れ様でしたー」とピントが外れたことを言って手を振り返した。軽くクラクションを鳴らし、車はあっという間に坂道を下りて行って見えなくなってしまった。

「お疲れお疲れ。俺達も帰ろうぜ」

私の浴衣の袖をひいて、日向があっけらかんとそう言った。隣の家の大きなひまわりを少し眺めてから、私はゆっくりと頷いた。

初出
単行本　一九九九年十月　集英社
文庫　二〇〇二年十月　集英社文庫

らっかりゅうすい
落花流水

やまもとふみお
山本文緒

平成27年 1月25日　初版発行
令和6年 11月15日　9版発行

発行者●山下直久

発行●株式会社KADOKAWA
〒102-8177　東京都千代田区富士見2-13-3
電話　0570-002-301（ナビダイヤル）

角川文庫 18978

印刷所●株式会社KADOKAWA
製本所●株式会社KADOKAWA

表紙画●和田三造

ISBN978-4-04-101956-6　C0193

◆◇◇